KB106785

地上詩篇

예술가시선 12
地上詩篇

초판 1쇄 발행 2017년 04월 10일

저 자 안수환
발행인 한영예
펴낸곳 예술가

주 소 서울특별시 송파구 문정로13길 15-17, 201호
등 록 제2014-000085호
전 화 02) 2676-2102
이메일 kuenstler1@naver.com

ⓒ 안수환, 2017
ISBN 979-11-87081-05-0 03810

이 책의 판권은 지은이와 예술가에 있습니다.
이 책의 일부를 재사용하려면 양측의 동의를 받아야 합니다.

이 도서의 국립중앙도서관 출판예정도서목록(CIP)은 서지정보유통지원시스템 홈페이지
(http://seoji.nl.go.kr)와 국가자료공동목록시스템(http://www.nl.go.kr/kolisnet)
에서 이용하실 수 있습니다. (CIP제어번호 : CIP2017007727)

地上詩篇

안수환 시집

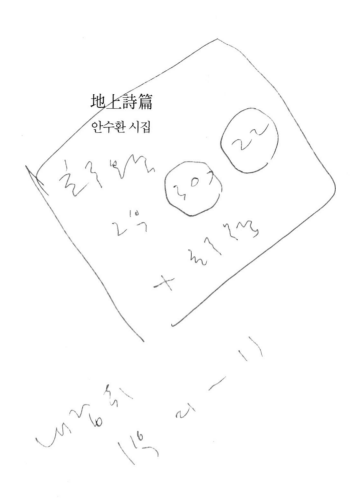

2017

전작 연재시

—『시문학』 2012년 9월호~2014년 4월호

연재를 시작하며

시는 내 밥이었다. 혹독한 비련이었다. 모멸이었다. 이보
다 더한 허망이 있을까. 문득 풀 한 포기를 바라보면서
나는 빵그레 웃는다. 풀 한 포기가 내 위안이었던 거다.
어린 예수는 땅위에 금을 그으며 놀았다는 거다. 무슨 생
각을 했을까. 그런 의문을 가지고 나는 이 연작시를 쓴
다. 짚신벌레야, 풀 한 포기의 자리로 내려앉아라. 내 시
는 짚신벌레의 똥 그것들 곁에서라야 잘 어울릴 것이다.

地上詩篇

차례

地上詩篇

Ⅰ부

1

나는 물 한 모금을 삼켰다

먼 산이 내 얼굴을 面對해 준다

나는 함부로 코를 만질 수도 없다

물 한 잔,

2

아내는 가랑잎 뒤에 숨어 버렸지만,

보령 남포 벼루에 박힌 매화가
花期를 지나 활짝 피어올랐다

지금쯤
아내는 인도 말디브 해안의 작은 마을로 가서
빨래를 하고 있을 것이다

3

지빠귀의 울음소리를 해석할 순 없다
나는 대흥동 골목을 빠져나와
철물점에 들러 쇠붙이 하나를 샀다
꼬부라진 문고리였다

늦었지만,
나는 당신의 문고리로 남아 있는 거다

당신이 나를 열고 들어왔으면,

4

혀끝에 생기는 악성 부스럼은
열이 끓어올라 생기는 병이다
이것이 舌疽인 것이다

찬물을 입에 물면 舌疽가 떨어진다

그
사랑한다는 말 따위를 내동댕이친 후
깨끗한 마음이 되면,

5

퍼춘 텔러는 말한다;
槐山 옥수수를 찔 때는
황토 아궁이에
솥단지를 걸어놓고
양동이 물을 퍼부은 다음
장작불을 지핀다

오행이 生扶하니 보기에도 좋다

나는
깊은 밤 극장에 앉아
뻥튀긴 槐山 옥수수를 잘그당잘그당 깨물었다

6

그날은
대둔산에 올라가
대둔산 큰바위 얼굴을 보고 왔다

用途를 따질 것도 없지만,

내 마음은 겨우
내 몸뚱이 하복부에 붙어 있었다

성환역 貯炭場에서도
내 마음을 본 것도 같다

14층은
무청을 노랗게 비틀어 놓는다

무청을 매달은
응달이 응달이 아닌 것이다

높이 올라가면
하나님이 하나님이 아닌 것이다

배추흰나비도 14층 꼭대기로는 날아가지 않는다

8

오목눈이 박새는

이따금 날짱거리다가도
나뭇가지 새를 날쌔게 날아다니며 거미를 잡는다

뿡,
방귀를 뀌면서
坤申風이 오면
坤申風과 놀아 준다

달밤엔
가까운 星宿 그 별자리까지 살짝 다녀온다

9

공자는
공자학당 뜰엔
무화과나무를 심지 않았다

꽃 없이 열매를 매단
무화과나무의 越境을
본받지 말라는 것

내가
공자로부터 배운 것은
조끼를 입는 법이다

아랫단추를 끼운 다음 윗단추를 끼웠다

10
시카고 공항 3번 게이트 간판이 조금 삐끗거렸다
천안시립노인병원 해바라기 병실이 조금 삐끗거렸다
2천원이 든 내 돈지갑 피에르가르땡이 조금 삐끗거렸다
주문진 앞바다에서 올라온 대왕문어 한 마리의 값은 20
만원,

20만원이 적정가격이었다

11
맷돌로 내 몸을 갈아보아라
살가죽 속에 박혀 있던 눈물이 빠져나올 것이다
새끼손가락으로 눈물을 찍어 입에 넣으면 매운 맛이 날

것이다

빛깔은 약간 희끄무레할 것이다

부디 안녕,

12

모래가 나를 낳았으니 날 모래라고 불러다오

내 몸을 치고 빠진 말들이 저만큼 흘러간다

오늘 겨우 내 귓구멍에 들어온 말들,

모래가 나를 낳았으니 날 모래라고 불러다오

머물지 말아다오 흘러가다오

13

率居는 소나무를 속였다

소나무는 속지 않는다
率居가 속은 것이다

먹으로는 소나무를 그릴 수 없다

1440년 후
나는 소나무밭에서 率居를 보았다

14
나는 등짝에 붙은 때를 씻지 못했다

손바닥을
새까맣게 적신 밤중을 씻지 못했다

하악골과 두개골 사이
패랭이꽃처럼 빨갛게 물든 색종이를 찢지 못했다

회초리를 들고
자갈밭 염소새끼를 몰고 다니지 못했다

안강에는
안강에서 잘 자라는 앵두가 있었지만,

15
參判宅 돌담은 꼬리를 파드닥거렸다

또,
參判宅 지붕을 건너온
복숭아 꽃잎

그렇다면
訃音을 들고 온 자를 가둬야 하리라

돌담이 살아 있으니
죽은 물고기의 쓸개가 살아 있다

參判宅 돌담은 꼬리를 파드닥거렸다

16

떨어지지 않으니
끊어지지 않으니

내생엔,
빠그라진 됫박을 들고
乾魚物廛 점원으로 오리라
새우를 만지는 점원으로 오리라

툭,
저 오동잎새 떨어지는 상쾌함을 맛보리라

17

조개껍데기는 조갯살을 감싸고 있다

안개는 안개 속을 감싸고 있다

내 몸속에 들어 있는 당신,

빈혈이 있더라도 몸을 꼿꼿이 세울 것

18

등 뒤에 서 있는 逆光에게 술 한 잔 권하노라

내 등 뒤에 서 있는 逆光
엉덩이 안쪽 하복부로 또르르 밀려오는 逆光

하복부에,
돌을 깔아 놓으면 돌이 일어난다
잠을 깔아 놓으면 잠이 일어난다

예수는,
엉덩이 안쪽 하복부에 집을 지은 사람

19

몸에 대하여 말하겠다
齒牙는 가깝고 肛門은 멀다

정신에 대하여 말하겠다
例外는 없어도 原則은 있다

먼지를 보면,

20

눈이 온다

이 빠진 눈발이다

便秘에 걸린 모양이다

곰소 소금은

곰소 소금 치마를 입고 있는 것

눈이 온다

내 평생,

1억5천만 년을 틀어넣은

便秘를 뚫어줄 모양이다

21

갠지스강가의 강낭콩밭,

강낭콩을 심으려면

강낭콩 같은 내 슬픔을 다시 심으려면

갠지스강으로 가야 할 것이다

　　　흙은 너무도 얕아

실개천 헝겊으로 흘러갔으니
갠지스강으로 가야 할 것이다

베드로는 로마로 들어갔다
네로의 박해를 알면서도 로마로 갔다

22
비둘기는,
땅을 박차고 하늘로 뛰어 올랐다
비둘기의 越權일 것이다

안흥 고로쇠나무가 담을 넘어왔다
고로쇠나무의 越權일 것이다

나는,
고구마밭에서 감자도 캐고 土卵도 캤다

이만한 越權이 또 어디 있을까

23

산울림에게 물어보아라
산새가 울면 산새를 받고
빗방울이 울면 빗방울을 받는다

深奧하진 않지만

산새가 울면 산새를 받고
빗방울이 울면 빗방울을 받는다
산울림은 물러나지 않았다

老僧은 줄행랑을 쳐야 할 것이다

24

나는 각목에 박힌 못을 뺐다
각목이 가벼워졌다

나는 연못에 박힌 대못도 뺐다
연못이 가벼워졌다

그런데
눈물 반쪽을 데리고 온
내 가슴속 흰 돌멩이는 온데간데없다

잠깐,

25

내장산에 갈 땐
아무도 내장산으로 가는 길을 흔들지 못했다

이정표는 여분이었다
하늘에 떠 있는 황조롱이도 여분이었다
논산 익산 태인
찌그렁이 볏까락까지 그건 여분이었다

내장산으로 갈 때는
그러므로 내장산 잡가를 흥얼거려도 무방하리라

26

강진만 갈대밭으로 나갔다

나는,
강진만 갈대를 가지고 발을 짜고 싶었다

발을 내리고
책상에 앉아
유클리트 원론을 읽고 싶었다

발을 내리고
비스듬히 누워
탱탱한 쇼빵을 듣고 싶었다

성긴 틈새기로
빠져나갈 것들이 다 빠져나간 뒤
내 얼굴 하나 겨우 남게 되면

천천히 발을 걷어내기로 하고

27

주역 계사상전 4장에는

安土라는 글귀가 나온다

흙을 편안하게 해준다는 뜻이겠으나

내 70생으로는 역부족인 말씀

얼마나 더,

나를 깎아내야 할능가

나를 후벼내야 할능가

서귀포 유채꽃밭에 가서

유채꽃 샤갈의 그림에 붙은

나비 한 마리를 보았다

저만큼 앞에서 달아나는 놈,

28

2010년 3월

法頂 入滅

섬진강엔 매화꽃이 피었다

불손한 말이겠으나
法頂이 가설이었다면
매화꽃도 가설일 것이다

法頂이 앉아있던 나무의자를 보면,

29
간단히,
옷소매에 달라붙은 실밥을 뗐다
서랍을 열고
서랍 속에 넣어둔 해바라기씨를 꺼냈다

간지러운 내 등덜미,

그냥 내버려두기도 어렵고
얼른 따라가기도 어렵다

점점 간지러운 내 등덜미,

문밖엔

감꼭지를 입에 문 빨간 홍시가 땅바닥으로 떨어질 모양
이다

30
나는 활을 쏘다가말고
대추나무 높은 가지 끝에 앉은
물때까치를 보았다

내 寂寥와는 달리
물때까치는 긴 꼬리를 까불거렸다

물굽이를 돌지 않아도
가만히 보면
물때까치도 활을 당기고 있었던 것

가만히 보면
어항 속의,
금붕어도 활을 당기고 있었던 것

31

蘭州에 가면,

맨발로 걷는 사람들이 있다
맨발로 걸으면 발을 씻지 않아도 된다
맨발과 길바닥은 한 식구였다

씻는다는 개념은 내버린다는 뜻이다
도무지 내버릴 것이 없다는 것이었다

蘭州에 가면,

무당벌레와 호박덩굴을
하나님으로 모시고 사는 사람들이 있다
하나님을 용상에 앉힐 필요가 없다는 것이었다

32

물방울은 똥그랗다
달팽이도 똥그랗다
똥그란 걸 보았으니 다 보게 된 것

동전 세 잎을 던진 다음
동전 세 잎의 落花를 보게 된 것

당신의 마음을 보게 된 것

나는,
당신이 쌓아둔 접시와 대접을 얼른 닦아 놓았다

33

당신이 남겨준 꽃가루가 날아
내 마음을 덮었다
이 꽃을 雲母라고 불러다오
화강암에 박힌 雲母라고 불러다오

앞가슴, 화강암

나는 병들지 않았다
아프면 아픔을 견디는 조각구름
하늘을 떠도는 조각구름

장미처럼,
어떤 땐 빨간 입술로 벌레를 깨물었다

또 어떤 땐
빨간 입술로 침묵을 깨물었다

34
장성 白羊寺에 가면
白羊寺 뒤뜰 높은 절벽을 닮은
부처님 한 분이 마당을 쓸고 있다

부처님을 보고 부처님을 부르랴치면
높은 절벽이 내려와 앞을 가로막는다

그러면,
졸졸거리는 계곡물소리를 보고
먼 부처님을 부르랴치면
내 앞에서 손을 씻는
졸참나무 밑둥이 다가와 앞을 가로막는다

나는 내 마음을 내어줄 딴 마음 없으니
길바닥에 드러누운 맥문동 비비추 사촌들을 쳐다본다

나중에 편안한 마음으로 兜率天에 갈일이 생기면
그땐,
내 몸에서 맥문동 비비추 냄새나 조금 풍겼으면 좋겠다

地上詩篇

II부

1
오른쪽으로 돌면 미국이 나온다
시애틀 經由 보스톤이 나온다

나는 小井里역 대합실 시계바늘처럼 오른쪽으로 돌았다
시애틀 經由 보스톤에 와서 커피를 마신다

내 모토는 긍정적으로 살아보자는 것이었다

해태의 얼굴로
히 히 히 웃으며

2
엉겅퀴 엉겅퀴
꽃대 끝엔 자홍색 두상화를 매달고 있다
엉겅퀴를 野紅花라고 달리 불러주면
활짝 웃는다

이를테면
멀고먼 별 북극좌의 이야기를 듣고 있는 듯

오늘밤 북두께서는
아파트 문간방에 쪼그리고 앉은 날 불러 가로되,
野紅花야 野紅花야

내 이름을 또 달리 불러준다

3
왼쪽으로 돌면 지부티가 나온다
로마 經由 여리고가 나온다
로마의 지붕 옥탑방
옥탑방에 앉아 로마를 굽어보면
로마는 하나
여리고는 하나

아프리카 북동부,
에티오피아의 원점에서 그리 멀지 않은 지부티

나는 아디스아바바의 木櫃에 앉아
에티오피아 커피를 마신다

아디스아바바는 하나
여리고는 하나

4
봄날,
당신과 쑥을 캤다

쑥을 캐는 일 말고는
당신 곁에서 놀 일도 없다

보산원 一帶
파릇파릇한 쑥밭

점심때는
풍세 짜장면집에 들어가
짜장면 두 그릇 시켜 먹었다

여분으론
맨드라미 꽃밭을 보았다

5

냇가에 앉아
물수제비를 떴다

쓸모없는 돌멩이가 있을까

실눈을 뜨고 보더라도
기원 전 9세기 호메로스와 나를
나란히,
同시대의 인물로 보아넘겨도 무방할 것이다

창문을 바라본 다음에는
구름 한 장 바라본 다음에는

할 말이 있어도 입을 다문다

6

내 몸이 시원한 반응을 내보일 땐
딱 두 번이다
목덜미를 주물러 터뜨려 주거나
장딴지를 짓뭉개 바스러뜨려 줄 때다

입으로는 신음소리를 토해내지만
실은 좋아서 팔짝팔짝 뛰고 있는 거다

지난 가을
나는 경주에 가서
吐含山이 내는 그 신음소리를 듣고 왔다

당신이 장딴지 위로 올라서면
나는 좋아라고 사지를 쭉 뻗는다

7
대학 연극제 리허설에 초청을 받았다
선배랍시고 날더러 훈수를 놓으라는 것이다

응,

태종 李芳遠과 鄭道傳을 비켜나
저쪽에 앉은 대머리 팽서방 앞에서 한마디 했다
응달 깊숙이 숨어들어 나오지 말게
그것이 자네가 지켜 줄 자제력인바

8

앵두꽃이 피었다
앵두는 학식이 없어도 빨갛게 익었다
좀 바보스럽기는 하여도
아무데나 시선을 주지 않았다

하나님 앞에서도
남편이 창피를 당하면 어쩌나
그 근심 하나를 보일 뿐

그런 내색도 다른 앵두에게만 살짝

9

사람들은,
내 말을 믿지 않았다

화엄경을 읽고
모세 오경을 읽고
사서삼경을 다 읽은 내 말을 믿지 않았다

그 대신 부엉이를 찾는다

부엉이는 빈정거리지 않고
부엉부엉 울며
부엉이가 되었다

10

북이 울 땐
지붕이 울고 땅이 울었다

굼벵이가 나오고
밭두렁 지렁이가 기어나왔다
내 눈썹 위로 흐르는 정맥이 튀어나왔다

북채를 잡은 당신,

이 시각
가마우지는 곤두박질치며
물고기를 잡고 있을 것이다

해남 동백나무숲에서 사는
언치새도
동백나무 이마를 밟고 하늘 높이 솟구쳐 오를 것이다

11
그 둔한 암탉을 붙잡지 못하고
나는 갈팡질팡했다

날랜 참새라면 몰라도

갈릴래아 호수 흰 물결이라면 몰라도
흰 물결을 밟는 맨발이라면 또 몰라도

못을 박거나
바늘귀를 꿰거나
혹은 휑 바람이 그냥 지나갈 땐

나는 손을 떨었다

요즘엔 거짓말하는 횟수가 조금 줄었지만

12
즉,

나는 내 자신을 뒤집어엎지 못했다
5분이 늦었던 거다

당신을 사랑할 때는
5분이 늦었던 거다

달항아리를 보면
달항아리는 달항아리를 입에 꼭 물고 있었지만

13
바닥이 있어도
구들장은 보이지 않았다

방고래를 덮은
구들장은 보이지 않았다

나비에겐 구들장이 없다

한 번 날아오르면 그만이었다
영혼을 다 쓰고 가면 그만이었다

보이지 않도록,

그러니까 할 말을 덮어두든지
나비처럼 영혼을 다 쓰고 가든지

14
실개천 팔죽지엔 살얼음이 얼었다
물새들은 살얼음을 밟지 않았다
2월 눈발도 살얼음을 밟지 않았다

절구통은 가만히 있고
덜그덩덜그덩
공이가 하늘을 밟았다가 또 떨어졌다

나는
누룩 몇 덩어리를 절구통에 붓고 돌아앉았다

몇 덩어리는 또 그것이 누룩이었는지
슬픔이었는지

15
돼지곱창이 내 입맛에는 딱 맞았다

고등어자반보다는
진분홍 백리향보다는

彎曲의 계단을 왕래하는
하프 선율의
그 돼지곱창

돼지곱창이 내 입맛에 딱 맞았다

돼지 울과 무지개가 맞닿아 있는 동안

16
개오동나무가 지존인 것을 인정한다

개오동을 붙잡은 풍금거미가 지존인 것을 인정한다
씀바귀도 제주풍란도
바닷가 검은 바위에 붙어살고 있는
蔓脚目 거북다리가 지존인 것을 인정한다

그분이 부르시면,

난 아브라함처럼 얼른 대답할 거다

17
어떤 때는
광덕산이 코딱지만해졌다

광덕산을 훔쳐갈 요량으로
주머니 속에 돌멩이 몇 개를 집어넣고 돌아섰다

돌멩이 몇 개가 월거덕덜거덕 부딪쳤다

돌멩이는 어디로 가버리고
불알 두 쪽이 월거덕덜거덕 부딪쳤다

녹두전을 부치는 가게 앞에서
나는
요망한 놈이라는 욕설을 들은 것도 같다

18
자벌레는
허리를 옴츠렸다가 한 발짝 더 멀리 달려갔다
콩나물도 이렇게 허리를 추슬렀을 것이다

내 맘에 꼭 맞는 콩나물아 자벌레야
누구 서 있거든
울거든
그의 귓구멍을 끌어당겨
콩나물 語套로 말해주어라
자벌레 語套로 말해주어라

절망과도 합작할 일이 생기면 합작할 것

19

뽕나무가지가 흔들렸다
뽕나무가지에 매달린 새둥지가 흔뎅흔뎅 흔들거렸다
새둥지 가지가 쪼개지면 만사 休矣

뽕나무가지에 마음을 걸어 놓고

나는
지금 休息 중

20

기원전 79년
폼페이가 망해버린 것은
장식 때문이다

귀에는 曲玉을 매달고
손가락엔 백금을 끼우고
목덜미엔 진주를 감았다

曲玉이 아니면 말을 붙이지 못했다

曲玉에 전념하는 한
베수비오 산은 또 폭발할 것이다

오늘 아침
솥귀가 떨어졌다

나는,
밥을 지어놓고도 밥을 먹지 못했다

21
흰 눈이 나뭇가지에 내려앉았다
나뭇가지는 흰 눈을 뿌리치지 않았다
개천에서 늦잠을 자고 일어난 물까치가 혼자
빙,
공중을 한 바퀴 돌아 나왔다

흰 눈은 나뭇가지 위에서 쉬고 있을 뿐
손에 쉬고 있던 세상을 놓아 주고
잠깐 쉬고 있을 뿐

말 달려오는 소리가 있더라도
귀 막지 않고

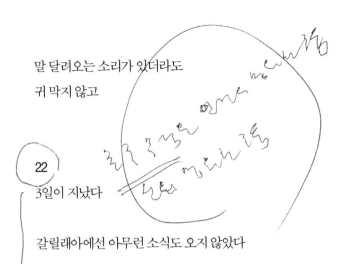

22

3일이 지났다

갈릴래아에선 아무런 소식도 오지 않았다

붕어자물쇠를 열고
친히 예수는 왕림하지 않았다

엠마오에서도 티베리아 호숫가에서도
더는 아무런 소식이 오지 않았다

어부 베드로는 애를 태웠다

나는 목골 저수지에 가서
겨우,
이스라엘 붕어 몇 마리를 건져 올렸다

23

공주에 가면
백제는 없고
말라빠진 금강이 달려왔다

무령왕릉이 달려왔다

뒷골목 백제삼계탕집
그 정도

역사박물관 문전에선
늙은 寡婦가 말차를 젓고 있다
그 정도

금강 流域
낙화생이 낙화생인 것도

24

누가 천 냥을 준다고 하더라도
나는 이 모자를 벗지 않겠다

모자를 쓰고 있노라면
보슬비가 보슬보슬 내려 좋았고
안개가 자오록하게 끼어 좋았다

누가 만 냥을 준다고 하더라도
나는 이 모자를 벗지 않겠다
모자를 쓰고 있노라면
먼 산등 기러기처럼,

내 말은 붕 뜨지 않았다

25

조치원으로 빠지다가 조금 더 가면
상주로 가는 길이 나온다
상주에 가면 춥진 않을 것이다
왼쪽 발뒤꿈치에 붙은 아킬레스腱도 무사할 것이다
바위를 돌아가는 물길이 반짝반짝 빛날 것이다
물론 妻兄은
賻儀簿를 들고 문지방을 건너올 것이다

상주에 가면
상주 곶감이
얼굴에 하얀 분을 바르고 날 마중 나올 것이다

덧니박이 금란이의 뺨이
맑은 공기를 쏘이고 하얗게 살아날 것이다

26

문경 陶窯에 가서
밥그릇을 만든다는 것이
쇠죽바가지를 만들었다

번번이
나는 못을 박다가도 손가락을 찧었다

까막까치도 戀歌를 입에 물고 목이 쉬었나보다

27

몸이 찌뿌드드했다

생각이 또한 거스러졌다

이런 날,

문지방을 넘으면 흉한 일이 생길 것이다

맞는 말이었다*

차를 몰고 나와

독립기념관 우회로에서

앞에 서 있는 승용차를 쿵 들이받았다

* 水澤節卦 ䷻ 초구初九 · "문밖을 나서지 않으면 허물이 없느
니라"(불출호정무구不出戶庭无咎)

28
불행두나무는 몸을 흔들어

물앵두를 낳았다

요한계시록을 읽은 나는
나도 모르는 동안
어느 정도 요한의 사람이 되었을 것이다

삭개오야 삭개오야
삭개오를 부르면
삭개오가 내 이름인 듯하다

어떤 때는
바다에서 건져 올린 홍합을 보고도
홍합이 내 얼굴인 듯도 하다

아무도 날 부르지 않았지만
나는 그냥 대답했다

29
바람이 지나간 자리엔
바람이 지나간 흔적이 남아 있다

가만히 들여다보면
동고비 깃털이 떨어져 있거나
개비름 잔꽃이 고개를 돌리고 있다

좀 더 자세히 들여다보면
6천5백만 년 전
白堊의 지층을 밟고 간 바람도 보였다

내 사랑을 덮은 步幅에게 먹줄을 띄운 것까지

30

비오리를 보았다
백곡저수지에 내려앉은 비오리를 보았다

텅 빈 백곡

비오리가 물러간 뒤
물너울이 비오리 흉내를 냈다

이번엔 내 순번이었다

56

비오리처럼,

나는 목에 두른 흰 머플러를 풀었다

물너울이 조금 일어났다

地上詩篇

III부

1

내가 만질 땐
다이아몬드 반지가 몰랑몰랑 몰랑거렸다

내가 만질 땐
검은 염소 뿔도 몰랑몰랑 몰랑거렸다

몽골 동부
도르노드 초원에 바람이 불든 말든

키르기스스탄 양탄자 마을 말랭 노인은
키르기스스탄 말의 말굽에 편자를 박았다

내가 만질 땐
프랑스製 와인병도 몰랑몰랑 몰랑거렸다

베토벤도 몰랑몰랑 몰랑거렸다

2

꽃다지가 나왔다

꽃다지는 꽃다지의 얼굴로 기뻐하다가

기뻐한 연후 흩어졌다

禮唐 호수 물결 위로 잠깐 나타난 달덩어리처럼

3
생후 2개월 만에 독립한 황새야*

장흥에 다녀온 것
강진에 다녀온 것
묻지 말아라

황새야

간밤에
阿含經을 읽은 것 묻지 말아라

미끄러질 듯 미끄러질 듯
네 혼자 트롯 스텝을 밟고

놀아라 황새야

＊황새 · 우리 집 강아지 말티즈 이름

4
저녁인데
살구꽃은 발끈 성이 나 고함을 질렀다

내 발목 복숭아뼈 近洞
꺼뭇꺼뭇한 배추밭이 일어나
꽃보고 揖을 한다

상황이 이러하매
아홉 겹 九天 자갈밭에 묻어 둔
내 이름을 불러내
揖하도록 명했다

꽃 보면
揖,

5

목포에 가면

나드좀은 없고

식탁에 올라온 洪魚 몇 점

셍트로페의 농어와 바닷가재가 없다

똑깍똑깍 셍트로페를 걷던

브르지트 바르도의 하이힐을 쏙 빼닮은

10m 百日紅 몇 그루가 있다

그 愛着,

6

나는 거미를 보았다

거미는

거미줄을 붙들고 기다리고 있는 거다

거미는 하늘 위에 떠서

흘러가는 구름을 입에 물고 있다
즉,
水天需卦의 표상이었던 거다*

키가 큰 병태 녀석이 거미줄을 흔들었다

에끼 이놈,

* 『주역周易』 수천수괘水天需卦 ䷄ 의 표상. 수는 '기다릴' 수需.
내 생각엔 기다림만한 미덕이 없다는 것을 이에 천명하는 바
다. 기다림 즉 희망이 없으니 이 시대는 이토록 어수선한 것.

7
거품이 부글부글 끓어올랐다

내 용변의 總量

便器가 똥그라니 눈을 떴다

그깟 허무주의 따위,

8

종달새가 울며
北向으로 갔다

나는 종교적 편향을 좋아하진 않지만
간밤에
막달레나 마리아의 맨발을 본 것도 같다

내 평생 명백한 誤謬들
오르락내리락
종달새소리

멀고먼 北向
종달새소리

깐질깐질한 바울은 로마로 들어가서 죽었다

입에 묻은 希臘語의 형형색색을 믿지 말라는 듯

9

바람이 불면,
맨 먼저 길바닥이 일어나
포르르 하늘 높이 날아간다

땡그랑땡그랑
내 마음속 風磬이 울고

나뭇잎 하나와 나뭇잎 둘이 날아간다

밤 아홉시 戌時
태안반도 이마빡에 붙은 개밥바라기도 일어나
쉴새없이 팔굽혀펴기를 한다

깨끗한 바람소리,

그날 밤
론강가에 서서 귀를 자른 고흐

고흐에게 편지 한 장 쓸까나

10

노자를 읽다가 만난 노인,

흰 수염을 달고 발그레 웃는다

숨을 쉬지 않고 발그레 웃는다

숨소리마저도 시끄러운가보다

11

닭고기 대신 푸른 고추를
나는
고추장 발라 씹어 삼켰다

슬픔이 녹아내린
고추장

빨간
고추장

이 時刻,
당신의 입술처럼
내 사랑 北斗로구나

12

아무 말도 하지 마세요

말 없을 때
다만 이와 같을 따름이에요

물방울도
다만 이와 같을 따름이에요

팍,
몸을 돌이키고 가지 마세요

2천 년 전 갈릴래아에요
여기저기 갈릴래아에요

13

결혼 8년次에
자식이 없으면

벌교로 가서
벌교꼬막醬을 먹으면
懷姙한다

벌교~
꼬막~
醬~
은 딴 몸이지만
벌교꼬막醬은 꼭 붙어 있다

벌교꼬막醬

암벽 위에 자갈 하나를 얹어 놓아도
懷姙하지만,

14

안경테를 바꾸었다
스위스製,
外製를 선호하는 것은 氣流 때문이다

니체철학도 김혜선 캐스터의 일기예보와 같다
혜선氏,

혜선氏가 입은 스커트 자락에도
오늘 氣流가 묻어 있다

15

나는,
독일 관념론을 읽고 철이 든 것이 아니라
이쪽 소나무에서 저쪽 소나무로 건너가는
청설모를 보고 철이 들었다

관념은 총탄을 맞고도 떨어지지 않았지만
청설모는 김고문의 총에 맞아 툭 떨어졌다

슥,
내 슬픔도 애기대추꽃처럼 떨어졌다

16
남에는 물결이 우는
鳴波마을이 있다*

북에는 모래가 우는
鳴沙십리가 있다

鳴波와 鳴沙가
코를 맞대고 콧물을 흘리고 있다

1953년,

남북을
오징어를 찢듯이 찢어 놓았던 것

그날 이후
海岸線 어린 참나리꽃이 눈물을 흘리고 있는 거다

* 鳴波마을 · 강원도 고성군 현내면 명파리. 본래 '明波'인 것을
나는 이 시에서 '鳴波'로 고쳐 불렀다.

17
선풍기를 삐뚜로 놓아두었는지
방바닥에 코를 박자마자 날개가 부러졌다

어떤 땐
추상도 삐뚜름히 꼬부라진다

김우진과 윤심덕의 사랑이 그런 것
2층집 최과부의 우울증이 그런 것

내가 조실이 된다면
愣嚴經 대신
밥뚜껑에 앉은 먼지를 닦으라고 명하겠다

끈적끈적한 송진,

18

입에 넣어
내 입맛에 맞지 않는 것은 없다
문어발이라든가 혹은 첫사랑이라든가
찬 공기라든가

순간은 어둡지 않았다

5분 經過
그맘때쯤
나는
가슴팍을 찌르고 가는 먼
우레 소리를 들었다

내 주머니 속엔
깨끗한 손수건 한 장이 들어 있다

강가에 서서
나는
一角獸 코뿔소 한 마리가 또 지나가는 것을 보았다
손에 넣고 보니

코뿔소가 아닌 나뭇잎 한 장

볼그레한 나뭇잎
내가 나를 바라보는 나뭇잎 한 장

19
우두커니 서 있는 암벽에게도 영혼이 붙어 있을까요

있지

말라비틀어진 솔방울에게도 영혼이 붙어 있을까요

있지

영혼의 크기는 얼마만한 것일까요

모과나무에 앉아 있으면 모과만할 테고

나나니벌 코에 매달려 있으면 나나니만할 테지

인도양엔 누구의 영혼이 떠다니고 있을까요

인도양을 건너온 바스코 다가마의 영혼일 테지

20

藤나무 아래에 누워
꾸불꾸불한 藤 등줄기를 보았다

抛物線이 땅으로 내려왔다

때는 이때다 하고
刹那가 꾸부러진 방식

藤은 허공을 감싸 안았다

이제부터는 동서남북이 없다
70년,
내가 옳았다는 생각을 내동댕이쳤다

섭씨 36° 늦더위

藤의 등줄기 겨드랑
그 語套를 손에 넣었다

21
쨍 햇볕이 오면
양말을 빨고

바람이 불면
포플린 샤쓰를 넌다

포크레인이 와서
청수동 하수구를 뚫어 놓았다

1945년 히틀러의 규격은 죽었지만
내 책상머리 제주한란이 새 鏃을 빼물었다

오늘
청명

22

벌레에 물린 턱이 땡감처럼 부풀어 올랐다

턱을 무는 놈이 어디 있나
발가락을 물든지 장딴지를 물든지

턱은 물고기의 아가미에 準한다

호두를 깨물고
녹두를 깨무는
맷돌인데*

지성소인데,

가만히 보면
목 놓아 우는 매미도 나무의 턱엔 붙지 않았다

* 화뢰서합괘 火雷噬嗑卦 ☲☳ 초구初九 · "차꼬를 신겨 발목을 묶었
으니 허물이 없다"(구교멸지 무구 屨校滅趾 无咎)는 것. 서합이란,
턱 속에 든 음식물을 씹어 삼키니 형통한다(이중유물 서합이형
頤中有物 噬嗑而亨)는 것.

78

23

말리 북반부
사하라사막
그 땅콩밭을 놓아두고

진천 장호원엔 비가 내렸다

빗방울은 10시를 적시고
11시를 적시고
눈물을 닦은 다음 방금 그쳤다

방금
나는
빗방울 속에서
브라질 습지 빤따나오에 가서
발목을 적시고 왔다

진천 장호원을 떠돌며
나는
울며 울며 발목을 적시고 있는 거다

24

腸,

납안리 산길처럼 꼬부라진 腸
내 생각은 腸에서 나온 모양이다

이슬을 보면 이슬을 의심하고
허공을 보면 허공을 의심했다

내 복부 속에 든 腸
꼬부라진 腸

신약의 말대로라면
내 뽈록한 복부 속엔
도마 한 분이 살아 있다*

스승이 죽었으면
얼른 齋를 올려 줄 일인데도

* "(예수께서) 도마에게 이르시되 네 손가락을 이리 내밀어 내
손을 보고 네 손을 내밀어 내 옆구리에 넣어 보라 그리하고 믿

음 없는 자가 되지 말고 믿는 자가 되라"(「요한복음」 20:27). 나는, '재齋'란 존재를 바라보는 부재적不在的 실존의식으로서의 예禮라고 본다.

25

70년을 살은 나는
姨母의 장례식에 불참했다

그러면서
된장을 먹으며
맛있다고 맛있다고 찬탄했다

청양에 가서 고추를 살 때
1근에 2만3천 원짜리 양근을 샀다

인생이 瘠薄하다는 느낌도 없다

어떤 땐
강의에 나가
괴팅겐대학 쇼펜하우어 염세론을 까기도 했다
창밖에 장대비가 내리더라도

26

쇼핑백에 반바지 칫솔 치약 수건

A4용지 몇 장 몽당연필

그리고 실타래와 바늘을 찔러 넣고 길을 나섰다

곽말약의 左傾

츠빙글리의 破門 따위 놓아버리고

건포도 박하香을 입에 넣고 오물거렸다

내 몸에 붙은 舛駁,

그러기에

산마루 흰 구름을 보고도 눈을 홉뜨고

길가에 코를 댄 개망초꽃 보고도 눈을 홉뜬다

아아,

27

이불을 끌어다가 코 덮었다

콧등을 찔러대는 찬 공기

소피아로렌은 오지 않았지만

내 아내는 갔지만

눈 감으면

처마 밑 다알리아꽃

28
초가을 申月 저녁 때
牝馬를 보면

좁쌀을 달라면 좁쌀 주고
건초를 달라면 건초 주고
물러나도록

牝馬의 발목 아래

땅이 움푹 패도록
천공이 움푹 패도록

내 마음 그늘 아래

29
강진에 가면
본체만체하면 안 될 것들이 있다

아무것도 하지 않는 듯한
무위사 절간의 기왓장

정약용의 幽閉

꼭 붙잡고 두 손으로 감싸 쥘 것 또 하나가 있다
강진灣 망둥어 지느러미

진흙투성이 그 망둥어새끼

30

한쪽이 기울어지면
다른 쪽 한쪽도 기울어진다

내가 쓴 글씨
草書體,

오늘 하루

주문진 쪽엔
안개비가 조금씩 뿌린다고 한다

주문진은 저쪽인데
나도 모르게 기울어지는 마음

地上詩篇

IV부

1

김종삼의

헬리콥터

헬리콥터가 뜰 때

김종삼은 시를 썼다

한두 마디

헬리콥터처럼

달 달 달

2

담 모퉁이 나리꽃은 노랑나비를 등에 업은 듯

그리고

방금 이곳에는

그리스도가 자리를 뜬 듯

북극곰이 어슬렁어슬렁 북극 눈밭으로 사라진 듯

3

쥐똥 위에 쥐똥을 포개 놓으면

쥐똥 두 개가 되는 것이 아니라

쥐똥 한 개가 된다

영국의 수학자 불의 공식이었다

당신을 포개 놓은 내 수학 공책

4

제천 단양을 지나
충주호에 와서
나는 마른 오징어를 씹었다

언제든
나는 내 몸을 추상 속에 놓아두었다

무엇보다도

하나님이 쫄깃쫄깃한 피부인 줄 모르고
먼 산 보았다

제천 단양을 지나
충주호에 와서
나는 마른 오징어를 씹었다

이젠
산그늘의 발자국도 나를 닮은 듯도 하다

5
칸나여

비 맞는 칸나여

빨간 칸나여

눈물 흘리네

방금 극형이 취소되었다

6

그리스 철학자 피로의 회의론과

석가의 아누다라 삼먁 삼보리

즉, 無上正遍智의 간격은 너무도 절묘해서 角이 없었다

탕,

주관도 객관도 일시에 피격되었다

피로와 석가의 손이 단칼에 홰나무를 움켜쥐었다

홰나무 꼭대기 잔물결이 춤을 춘다

잔물결이 춤을 춘다

아아

당신의 눈빛

7

베드로의 형제 안드레는 책 속에 늘어붙어 있을 뿐

세베데의 아들 야고보도 책 속에 늘어붙어 있을 뿐

추기경 김수환도
국화꽃 서정주도
탱화를 그린 김홍도도
秋海棠처럼 잠깐 살다가 사그라졌다

참말이지 아무것도 오래가지 못했다

달디달은 알사탕도

8

개미는 제 발목뼈보다도 수천만 곱 높은 소나무 꼭대기
로 오르락내리락거렸다

수천만 곱이 개미의 발판이었다

내 이마 먹點도 수천만 곱 발판을 딛고 저쪽 초승달까지
오르락내리락거린다

그렇게그렇게

나는 兩班이 되었다

9

危는

北을 깔고 앉은 별

北으로 슬슬 떠도는 별

내 사랑처럼,

고소한 냄새를 풍기는 별

어둠 속에 엉덩이를 붙이고 빠져나오지 않는 별

하나만 알고 있는 별

위험한 별일 거야

위험을 건너온 별일 거야

10

알라국립공원에 가면

저쪽에서 멧돼지 암컷 수컷이 달려온다

숨을 죽이고 바라보면

저쪽에서 인도국조 인도공작이 달려온다

야생닭이 달려온다
악어가 달려온다

코끼리가 코를 들고 달려온다

생나무가지를 밟고 표범이 달려온다

돌아올 땐
난 싸매온 코코넛 로티를 입에 넣지 않았다

11
모든 감각이 몸뚱어리에 붙어 있다면
나를 귀라고 불러다오 눈이라고 불러다오 입술이라고
불러다오

전적으로 몸뚱어리에 붙어 있다면
나를 코라고 불러다오
그냥 젓꼭지라고 불러다오

몸뚱어리 말고 또 다른 곳에 내가 있다면

나를 족제비라고 불러다오
독립기념관으로 가는 길바닥 위에 털가죽만 남기고 쪼
그라든
족제비라고 불러다오

쪼그라들면 족제비는 족제비가 아니었다
神位의 班列,

가로로 세로로 10cm

12
같은 말이지만,
입 모양이 달랐다

고린도전서 13장이거나
금강경 13품이거나

빤들빤들한 대리석이거나
톡 쏘는 홍어무침이거나

내가 사천 성도 두보초당에 가서 두보의 수염을 만지고
오는 동안
그동안 목천 댕댕이덩굴은 싸릿대 목을 조르고 입방아
를 찧었나보다

나는 진정으로 반성문 한 장을 써야 할 것 같다
내 자신을 지나치게 의탁했던 것

13
나는 베토벤 교향곡 6번을 조치원역 대합실에서 들었다

7번은 서초동 예술의전당에서 들었다

2012년 8월 마지막 날 꿈엔
베토벤 所有 암캉아지를 끌어안고
비엔나 알저구룬트 교구의 뒷골목을 미끄러질 듯 미끄
러질 듯 내려왔다

1827년 3월 26일
복부에 찬 腹水를 빼고 그가 죽던 날

나는 KTX열차 10호 객실에 앉아 경주 빵을 먹고 있었다

그때는 교향곡 3번을 듣지 못했다

그 3번, 頂點이라니

내 생각엔
어떤 경우로든 어떤 틀에도 꽉 박힐 필요는 없는 것이었다

14
小癡 선생의 그림엔
뜬구름을 보는 向이 있을 때
小癡였다

허물어진 封墳인데도
向을 지키는가보다

몽당비도
向을 지키는가보다

갠지스 강가의 모래밭 恒河沙를 다 끌어와도
내 마음은 한 겹,

15
무주 설천 나제통문처럼
아프리카 남단 케이프 포인트 近洞 절벽엔
인도양과 대서양이 앙가슴을 풀어놓고 나동그라졌다

인도양의 暖과 대서양의 寒이 만난 것이다
暖과 寒을 입에 물고 물개들이 태어났다

케이프 포인트 近洞 절벽엔 물개들이 놀고 있다

인도양보다도 대서양보다도 더 활달한 물개들,

구례로 갈 때
하동으로 갈 때
구례와 하동 사이 接境 화개로 갈 때
내 기분은 물개들의 기분 제곱이었다

16

은사시나무 건너편 다른 은사시나무를 바라보면
7세기 백제 여인의 唐衣가 나타났다

천안 신세계백화점 동편 벽면엔
7세기 강서 고구려 고분 속 朱雀이 날아와 앉아 있다

唐 현종으로부터 날아온 賜顔
9월 5일 巳時,
날더러 입궐하여 筮占을 놓아달라는 跋이었다

내 占이 용하다는 소문이
먼 唐 서안 화청궁 화청지의 물결을 흔들었나보다
楊貴妃의 쓸개를 꺼냈다가 도로 붙여 논 모양이다

나는 밥 먹으라면 밥 먹고
낚시가자면 낚시터 따라가 준 일밖엔 없다

17

나는 호박밭에 들어가 호박잎을 땄다

저녁 소반엔 호박잎이 올라왔다

거문고 귀신 옥보고는 호박잎을 먹고
달을 보며
거문고를 뜯었을 것이다

나는 오이밭에 들어가 늙은 오이를 땄다
저녁 소반엔 늙은 오이가 올라왔다

거문고 귀신 옥보고는 늙은 오이를 먹고
달을 보며
거문고를 뜯었을 것이다

나는 거문고를 뜯을 줄 모른다

요즘에 와선,

새장 안에서 黍粟을 먹고도
거문고를 뜯는
백문조를

하루에도 몇 번씩 들여다보고 또 들여다보는
筳,
그것 뿐

18
배방면 배방산 초입 개오동나무群

이와 같은 결속 없이
양승현은 혼자 소주 마시다가 갔다

내 친구 트롯 가수 양승현은
죽은 마누라를 부르다가 속히 그쪽으로 발 내려놓고 갔다

전의면 유천리 논골에 깔린
콩과의 2년생 풀
자운영 꽃밭

그 集合
□슈,

승현이는 혼자 소주를 마시다가 그 □슈 듣지 못했나보다

19

해남 一泊,

밤새 내린 이슬 몇 방울을 내 눈망울 속에 감추어두었더
니

평소 아무 내왕도 없던 풀벌레가 조금 쪼개어달라는 것이
었다

멀고먼 北,

그쪽 친구 宧이한테서도 전령이 달려왔다

그쪽 몽금포 백사장 콧날 회양목 턱밑에도 이슬이 폭 쌓
였다는 것이다

宧이의 회신 왈,

몽금포 이슬하고 해남 이슬하고 한 疋 두 疋

또 한 疋 두 疋 나누어 쓰자는 것이었다

내 卽答,

아무렴

20

하늘과 내 마음

한 뼘 사이

발뒤꿈치 어둠까지도

내 親衛 같다

벌레 한 마리가 손등으로 기어오른다

어떤 땐

내 손등 위에서

춘양목 금강송이 춤을 춘다

21

동백꽃이 시들어 떨어졌다

내 사랑이 부족한 탓이다

멀고먼 동백꽃

누가,

내 곁엔 누가 우두커니 서있었던 것

22

발뒤꿈치에 물집이 생겼다

만져보니 물렁거렸다

물렁물렁한 촉감

내 운명에 딱 맞는 촉감

여보,

23

아내가 간 뒤

난 눈이 멀었다

아무것도 볼 것 없고

그러면 전부를 보게 되는 것

힘든 일 있더라도,

힘겨워하지 말라는 뜻이리라

힘겨워하다가 힘겨워하지 말라는 뜻이리라*

*그 후 6개월 후 나는 눈을 다시 떠 국궁장으로 나가 과녁을 바라보면서 활시위를 힘껏 끌어당기게 되었다.

24

속마음을 드러내진 않았지만,

내 속마음은 나선형 껍질 속에

몸을 감춘 달팽이와도 같고
껍질이 없는 민달팽이와도 같다

전화를 받을 때는 假聲을 쓰지 않았다

나는,

오늘 뜨거운 감자를 먹었다

혓바닥이 얼얼했다

25
소나무 꼭대기에 올라앉은 백로

훨훨,

하늘로 날아오를까

논배미로 내려앉을까

그날 이후

나야말로 알토란같은 보수당원이 되었다

극단과 내통하는 하늘을 버리고

26

새벽에 일어나 유리창을 닦았다

오동나무도 유리창을 닦는가보다

TV안테나도 유리창을 닦는가보다

비닐봉지도 유리창을 닦는가보다

뽀드득뽀드득,

눈먼 내 오장육부도 손을 뻗어 힘껏 유리창을 닦는가보다

27

각목을 알았더라면
못을 쥐고
망치를 들고
각목을 내려치진 않았을 것이다

내 구두코처럼,
각목에겐 높이가 있다

에베레스트는 8,848m
백두산은 2,750m

거룩한 높이,

28

나비는 먼지를 많이 묻히면
나방이 된다

나비는 살랑살랑 날아갔지만
나방은 푸드득 푸드득 푸드득거렸다

나방이 신세,

나는 나방을 보면서
한참동안 拍掌大笑했다

變態처럼,

29
팔레스타인 남서부 가자지구에서 본 청년
콧수염을 새까맣게 기른 그 청년
물어보진 않았지만
물어보면 예수의 양부 요셉을 존경한다고 대답했을 것
이다

도량이 넓었던 요셉,
신라 헌강왕代 級干 處容을 닮았던 요셉,

양부의 班列에 든 사람이 近者 남가좌동에도 살고 있다

그는 누가 실수를 해오더라도 헛기침 한 번 혹은 두 번
했다

30

난 그분 앞으로 달려가지 않았다
홀로 빈둥거리면서도
우두커니 앉아있으면서도
난 그분 앞으로 달려가지 않았다

실은
그분을 둘러싼 그분 주변에 대하여
불편한 심기를 감출 수가 없었던 거다

그분은
결코
어떤 말로도 형용할 수 없는
감미로운 분이었으므로

地上詩篇

V부

1

아무런 부분도 없는
뼈도 없는
텅 빈 桶,

나는 오늘 도끼를 들고 이 桶을 찍었다
(황홀에 대한 답변)

2

감은사지에 가면
가슴을 맞댄 화강암 탑신 두 분이 동해 甘浦를 바라보고
있다

金堂 계단 밑구멍으로 드나들던
문무왕이 없다
그의 아들 신문왕도 없다

그 代身,
탑신 저쪽 산기슭에 개똥쑥 몇 무더기가 있다

또,
원효가 지나갈 때 볼일보고 간 用便 몇 덩어리가 있다

개똥쑥 곁에서 나도 볼일 보았다

간곡히 말하거니와
개똥쑥과 나무아미타불
즉,
개똥쑥과 金剛三昧經論의 차별을 어이 깔아놓았을꼬

3
어떤 여자가 누룩을 밀가루에 집어넣었더니 온통 부풀
어 올랐다
하늘의 생김새는 이 누룩과 같다

이 말씀은 마태복음에도 나오고 누가복음에도 나온다
누가가 마태를 베껴 쓴 것이거나 마태가 누가를 베껴 쓴
것이거나
혹은 이것도 저것도 아니라면,

하늘은 누룩과 같다

116

死海 북서쪽 해안 주변 절벽에 숨어 살던 에세네파 쿰란의
필사본 손목이
그 소리를 들었을 것이다

하늘은 누룩과 같다

혹은 이것도 저것도 아니라면,
1세기 베드로의 同役者 마가가 그 소리를 들었을 것이다
아니면,
로마의 영지주의자 마르치온이
마르치온을 반박한 敎父 폴리카르푸스가
아니면,
2세기 안티옥의 主敎 이냐시오가 그 소리를 들었을 것이다

하늘은 누룩과 같다

그 후,
이 말씀은 겹치고 겹쳐져
내 마음속 하늘이거나 내가 사는 천안의 하늘이거나
단 하나의 하늘로 부풀어 올랐다

4

당신의 눈망울은
翡翠玉 한 방울

내가 좋아하는 던킨 도넛과 맞바꾸어 먹어도 좋을 만큼
입맛을 당기는
翡翠玉

빗방울 포슬포슬

5

木櫨에 앉아
시인 박용래 선생과 對酌하며 떠들은 이야기다

실개천이 흐르는 옥천엔 누구 있느냐
정지용이 있지요
맞다
그래서 옥천을 옥천이라고 부르는 거다

변산반도로 가는 길목 부안 거기엔 누구 있느냐

그 먼 나라를 알으십니까의 신석정이 있지요
맞다
그래서 부안을 부안이라고 부르는 거다

내가 사는 대전엔 누구 있느냐
저녁눈이 내린다고 눈물 질금거리는 박용래가 있지요
맞다
그래서 대전을 대전이라고 부르는 거다

그렇다면 네가 사는 천안엔 누구 있느냐
黙然,

6
마음을 놓아둘 공간이 없다
깃대 위에 매놓으면 깃발처럼 나부꼈다
꽃잎 위에 놓아두면 꽃잎처럼 빨개졌다
나는 통곡할까봐 노상 땅바닥 본다

형님,

광천에 가서 광천 황석어젓 옹기를 보았다
광천 황석어젓 옹기보고 형님이라고 불렀다

곰삭은 얼굴 보고

7

아야,

보령으로 가는 길목에 싸리꽃 紫紅이 피어 있다

아내는 싸리筍에 달린 싸리꽃 보고 호드기소리를 냈다

여보,

시 쓰세요

날더러 저 紫紅 보고 시를 쓰라는 거다

紫紅이 아니에요 紫紅보다도 더 작은 저 몸매에요

8

須菩提야
이제 와서 말이지만
世尊이 須提菩를 부를 땐
그런데 내 이름이 須菩提인 것 같다

須菩提야
네 생각은 어떠하냐
몸을 가지고 여래를 볼 수 있느냐

내가 어리둥절해 있는 동안
제자 須菩提는 단호히 대답했다
아닙니다 世尊
몸을 가지고는 여래를 볼 수 없습니다*

순간 난 생각이 달라졌다
여래와 몸을 따로 쪼갤 수 없다는 게 내 생각이었다

勿論,
내 아내도 이 대목에선
청국장을 끓여 가만히 식탁 위에 올려놓았던 거다

* 불야 세존 불가이신상득견여래 不也 世尊 不可以身相得見如來
(『금강경金剛經』제5품).

9
다리 건너기 전
광천 오복식당 아주머니 홍어매운탕 맛은 일미 중 일미
였다

홍어매운탕을 받들고 있는 隣洞 閣僚들 보라

돌고 돌아가는 下水溝,
돌고 돌아가야 그때 만나는 기름집,
돌고 돌아가도 또 있는 새우젓 젓갈집,
골목 안 낡은 옷 修繕店,
길가에 철퍼덕 앉아서 고구마줄기를 팔고 있는 할망,

홍어매운탕 맛은 隣洞 閣僚들의 보필로 인한 것

10
서해안 一帶

물고기 77만 마리가 赤潮 위에 떠올랐다는 것이다

下等植物 플랑크톤이 물고기의 아가미에 들러붙어
물고기가 숨을 쉬지 못하고 죽었다는 것이다

마늘하고 양파하곤 사촌간이었지만
플랑크톤과 아가미의 간격은 극단이었던 것

극단의 색소가 赤潮였던 것

수온이 올라가면 赤潮가 생긴다

赤潮 위에 물고기가 떠올랐으니
얼른 겨울 북서풍을 달라고 졸라볼까
나도 제갈량套로 태안반도 갯바위에 올라가 그 말하고
올까

11
甲乙이라는 글자를 보고
은행나무 댕댕이덩굴을 입에 넣고 떠들은 자는

삽교로 들어가 비닐하우스를 치고 느릅나무 盆栽에 매
달렸다

甲乙이라는 글자를 보고
甲乙堂이니 뭐니 떠들은 자는
파주로 들어가 출판사를 차려놓고 唐詩니 宋詩니 마구
찍어냈다

甲乙이라는 글자를 보고
머릿속에 나무든 헝겊이든 닥치는 대로 자를 생각을 한
자는
독일 졸링겐으로 깊이 들어가 부엌칼을 만지작거렸다

삽교로 가든 파주로 가든 졸링겐으로 가든
껌을 씹으며 쫄깃쫄깃 인생을 살아갈 때는
장맛비를 본뜨며 나무에게 댕댕이에게 물 뿌리는 式

12
냇물에 박힌 돌을 빼갔으니 큰일났다
가재와 송사리가 애기를 낳지 못한다

124

가슴에 박힌 돌을 빼갔으니 큰일났다
눈물과 슬픔이 애기를 낳지 못한다

은주에서 대둔산으로 들어가는 냇물엔
돌멩이 한 개 돌멩이 두 개가 없다

평촌 감나무가 녹내장을 앓고 눈멀었다
쑥고개 남새밭의 엉거시 쑥갓 다 문드러졌다

한마디로 超越이 사라져버린 것이다
대둔산 구름다리가 있으나마나한 것이다

부디 내 가슴속에 돌을 깔아다오
냇물이 울먹울먹 울도록 돌을 깔아다오

13
쎅,

내 몸속으로 그분이 왔다

초속 38m의 풍속,

시간당 30mm 이상의 장대비가 쏟아졌다

현재 강우량 산청 305mm,

포항 형산강 범람

삼척 이재민 29명,

삼랑진 이재민 405명,

거제와 통영 12만 가구가 침수

설악산 오대산 전면 통제

항공기 3백편 결항

쎅,

내 몸속으로 그분이 왔다

내 마음,

遑急한 일 뿐이었다

14

갓 태어난 코끼리새끼가 공중에 매달린 乳頭를 빨고 있다

갓 태어난 염소새끼가 공중에 매달린 乳頭를 빨고 있다

내 아내의 乳頭도
印度처럼,
공중에 매달려 있다

나는
사시사철 남몰래 내 아내의 乳頭를 빨아 먹는다

結果,
나는 공중에 붕 떠 있는 신선이 되었다

광덕산 오목눈이 곤줄박이도 공중에 매달린 빨간 찔레
의 乳頭를 빨고 있다

15

내가 구름 냄새라는 시를 쓰면서 얻은 결론 하나가 있다
세상을,
눈으로 보게 되면 누구든지 표면에 매달린다는 점이다

칸트는 장미를 모른다고 말했다
그랬을 것이다
장미가 아닌 이상 칸트는 장미를 알지 못했을 것이다

淨飯王의 아들 고타마 싯달타는 먼지는 먼지가 아니라
고 말했다
그랬을 것이다
먼지가 먼지인 이상 먼지는 먼지의 이름일 뿐이다

금강경 13품은 다시 이렇게 말한다
세상은 세상이 아니다 세상이라는 이름일 뿐이다

이와 같은 말들은 사람이 눈으로만 보는 弊端에 매달려
있다는 뜻이다
그런 것이 아니다
콧구멍에 매달릴 땐 이 弊端이 사라진다

일단은 콧구멍으로 구름 냄새를 맡을 수 있다
그런 다음 나중에 그분의 냄새를 맡을 수 있다

끝,

16

콧구멍은 콧구멍도 아니다
냄새가 없어진 다음에 콧구멍이 있다

비린내가 없어진 다음에 잉어가 있다
그 잉어,

마곡사 범종각에 매달린 木魚
木魚를 몽둥이로 뚜드리면
그 잉어,
물 밖으로 불쑥 튀어 나온다

천안驛은 천안驛에 있다

나는 시내버스 2번을 탔다
시내버스 2번은 천안驛을 經由했다

천안驛을 지나면 직산驛이 나온다

직산驛은 천안驛 근처에 있다

예를 들면,

슬픔은 기쁨의 근처인 것

17

헉,

당신

이 손 놓으세요

당신을 잊은 지 오래에요

허나 캄캄한 밤중이면 어때요

담 모퉁이면 어때요

그 당나귀 발굽 메피스토펠레스의 달변을 피해 있어요

이젠,

어디든지 당신의 반짇고리가 있는 걸요

예나 거기서나

18

납안리 함노인댁 돌담 위엔 늙은 赤호박이 말을 타고 있다

호박 擺撥 가로되

시간 엄수,

1927년 프라이부르크의 하이데거도 그 말을 했다

자벌레는 시간을 파먹었다

무당개구리는 시간을 파먹었다

그렇게,

함노인댁 돌담 赤호박이 또 그렇게 늙어버린 것이었다

19

미켈란젤로의 시스티나 천정화를 보면
손가락을 내민 쪽은 당신의 손이었다

1512년 이후,

내 손가락은 당신의 손에 닿지 않았다
그러므로 손해 본 쪽은 당신의 손이었다

안간힘을 쏟은 당신의 손,

미켈란젤로의 생각과는 달리
사르트르는 그 시스티나 예배당 천정화를 보고 無를 발
명했다

말하자면,
사르트르는
당신의 손가락과 내 손가락 사이로 無의 공간을 찔러 넣
은 것이다

그날 이후,

無는 당신의 밥이 되었다

저것 봐
계룡산 수탉도 암탉을 끼고 다니면서 풀씨를 쪼아먹는
것 봐
아니라니까 풀씨가 아니라니까 無라니까

20
장독대 앞에 핀 鳳仙花를 보면
鳳仙花가 그리웠다

맨드라미 곁에서
맨드라미 더 그리웠다

내 발등을 찌르는 달빛 玄琴
달빛이 그리웠다

꾹꾹,

이 玄琴을 이기지 못해

발가벗은 몸

물처럼,
나는 내 허벅지를 퍼냈다
나는 내 배꼽을 퍼냈다

아,

이마 위로 높으락높으락 솟은 달

뜨거운 달빛

21
저 뭉게구름 몽개뭉개 모였다가 흩어졌다

꼭 만나야 만나는 건 아니다

1546년,

눈앞에서 촛불이 꺼지는 걸 보고 서화담은 명월에게 답

신을 썼다

난,

임자의 뿔만 들어도 임자의 살을 느낀다

고증하건대 살이란 남녀간 동침을 가리키는 직설법인즉

명월이 서화담을 흠모한 건 사실인 듯하다

22

12일,
쓰레기통 속에 던진 호박이 12일째 썩고 있다
제자리를 지키고 있다
(이 말은 하지 않으려고 했지만) 호박은 호박이 아닐 때
썩었다

호박보다도 더 위대한 개념이 존재할 수 있을까
호박은 12일째 썩고 있었다
어떤 추상이 12일째 썩고 있었다면,

그 추상은 지독한 냄새를 풍겼을 것이다
호박이 썩는 냄새는 고작 반경 27㎝,

이만하면 호박은 신선한 편이다
12일을 넘겨도 호박은 사라지지 않았다
단언하건대,
인간은 호박의 존엄을 배워야 할 것이다

쓰레기통 속에 던진 호박이 12일째 썩고 있다
제자리를 지키고 있다

23

암석을 쪼개고 쪼개고 쪼개어도
암석은 암석으로 남는 것,
불경한 아낙사고라스가 말했다

나는 아낙사고라스의 술을 마셨다
술 취한 내 말인즉
이오니아는 어디 있는가
아낙사고라스의 이오니아는 어디 있는가

마케도니아는 어디 있는가
마케도니아의 데살로니카는 어디 있는가

알렉산드리아는 어디 있는가

안티옥의 술집은 어디 있는가

방금,
나는 디오니소스 酒神과 査頓을 맺었다
디오니소스의 수염을 만지면서 깨달은 바
건너편 문지방 客觀을 조심할 것

나는 눈으로 꿈을 꾸었다

꿀꺽,

나는 스위스안경店으로 들어가 안경 하나를 더 샀다

24
형질변경을 하더라도 양파는 내 형이상학이었다

여보,

눈물이 자꾸 나와

난 양파가 다 되었나봐

내가 니체를 신용한 까닭은 그의 感官 때문이 아니라

조반 석반에 밑반찬으로 먹은 그의 양파 때문이었다

그의 深刻이 아니라,

그의 양파 때문,

25
의자에 앉자마자 나는 칼을 들었다
칼을 들고 더덕껍질을 문질렀다
껍질을 벗긴 후
입 안에 더덕을 넣고 깨물었다

입 안이 알알한 더덕
혀끝과 콧속이 알알했다

미켈란젤로의 레다로 扮한 여인이 다가와 말했다
더덕이 아니에요
도라지에요

레다의 친구들이 깔깔 웃었다
더덕이 아니에요
도라지에요

아닙니다
나는 더덕을 먹었습니다

레다와 레다의 친구들이 깔깔 웃었다

26

나는 이과수를 보았다

이과수 칼새들이 무지개 꽃잎을 물어 나른다

아르헨티나는 저쪽

브라질은 이쪽

제 몸에 붙은 살점을 다 내놓은 뒤

이과수는 물보라 속으로 사라졌다

우르릉,

오늘부터 이과수는 복사본인 듯

27

陰莖으로 가는 혈관이 막혀
내 陰莖은 수세미외가 되었다
攝氏 39°
고열에 시달린 후 스트렙토마이신을 먹은 다음 겨우 가
라앉은 풍선
내가 극단을 용납한 까닭은 이 때문이다

하늘 높이 올라간 풍선을 끌어내리면

올가을 가고
내 사랑 다 가고

한밤중
나는 파라과이 탱고를 가뭇없이 바라볼 뿐

28

1550년 명종으로부터 賜額을 받고
紹修書院이 섰다

풍기 紹修書院에 가면
紹修書院 앞마당에 소나무 몇 그루가 서 있다

소나무 몇 그루가
지금까지 성리학을 지켜온 장본인이라는 것이다

그 생각 말고는 딴생각이 떠오르지 않았다

그 생각이 아니라면
메추라기는 무어하러 냇물을 밟고 낯을 씻었을까

29

2억3천만 년 전엔 공룡이 숲을 휩쓸고 다녔다
2억3천만 년 후엔 진드기가 숲을 휩쓸고 다녔다

2012년 10월 아프리카코끼리 늙은 수컷이
사바나 계곡 관목 사이를 혼자서 어슬렁어슬렁 걸어다
녔다

내가 채식주의자가 된 것은 공룡 때문이다
진드기와 코끼리도 나와 같은 채식주의자다

쨍 햇볕 든 날 나는 노랑티를 입었다

나는 공룡인지 몰라
진드기인지 몰라
코끼리인지 몰라
난 몰라

객관적 관념론자인 그 楚나라의 老聃선생도 꼭 나와 같
은 질문을 던졌던 것

이름과 내 몸 중 어느 것이 진짜일꼬 *

* 명여신숙친 名與身孰親 (『노자老子』 44장)

30

나는 안동으로 가려다가
함양으로 빠졌다

식탁 위 메밀묵을 집으려다가
마늘종을 택했다

조금 흔들렸지만 괜찮았다

반칙 없이
개구리는 울다가 울기를 뚝 그쳤다

흑성산 이마 위 뭉게구름도
손가락에 반지를 끼웠다가 반지를 뺐다

보렴
이런 식으로 나는 나를 벗겨내고 있는 것

31
까루 린포체도 偈를 받지 않은 것 같다

偈를 받았다면 티벳 까규파 절간 조그만 골방에 앉아

뱅어포가 비리다는 것만 강조하고 있었을 거라

偈를 받았다면 그의 입술이 그렇게 번들번들 빛나진 않
았을 거라

눈동자도 눈썹도 그렇게 기다랗게 올라붙진 않았을 거
라

偈를 받지 않고 예수도 옷자락을 기다랗게 늘어뜨리고
걸었으니까

32

구약 하박국을 읽는데도
내 의자는 삐걱거렸다

맹자 盡心篇을 읽는데도
내 의자는 삐걱거렸다

의자여
구약 하박국을 잊어다오

맹자를 잊어다오
담을 높다랗게 쌓아다오

의자여
인연을 끊어다오

33

힘들어요

당신 마음이 아플까봐 그 말 못해요

그 대신 오목한 기와를 보고

난 나도 모르게 寂寥라고 소곤거려요*

하루 종일 내 마음 고요하지 않아도

寂寥라고 소곤거려요

힘들어요

당신 깊은 마음 아플까봐 그 말 못해요

* "고요하고도 고요하도다" (적혜요혜 寂兮寥兮 『노자老子』 25장)

34

장롱과 花鬪는 짝이 잘 맞았다

장롱은 花鬪로 인하여 산이 되었고
花鬪는 장롱으로 인하여 물결이 되었다

살아가며 살아가며
나는 산이 되었고
내 아내는 물결이 되었다

花鬪를 칠 때마다 산은 맹탕 풍띠만 잡고
판에 깔린 광이란 광은 물결이 싹 쓸었다

아

산물결 산물결
지리산 노고단에서 본 그 산물결

地上詩篇

VI부

1

손을 놓아버리면 끝장이었다

암벽이 그의 하늘이었던 것

절친한 하늘

무서운 하늘

나는 밤마다 암벽을 기어올랐다

헬리콥터에 앉아 저쪽을 내려다보니

세상은 땅에 붙어 있는 것이 아니라

암벽에 매달려 있는 것

나는 밤마다 암벽을 기어올랐다

눈 감고 눈 뜨고 하늘의 입술에게 입을 맞추었다

2

하여튼, 당신은 체열관리엔 빵점이에요
아내가 말했다
체열을 빼앗기면 베체트가 온다

베체트가 오면
구강이 헐고 음낭에 發疹이 생겨
스테로이드 인터페론 사이클로스포린을 복용해야 한다

불치의 병이지만 5일 후엔 元氣 회복,

체열이 핵심이었던 것,

아내는 오면가면 명주이불로 내 무릎을 덮곤 했다

아내에게 이 말을 해야 하나 안 해야 하나
내 눈물이 체열을 식혀주었던 것,

3

제주도 해녀는 거미를 보면

절을 한다

거미를 보고 물질을 하게 되면
소라를 가뜩 따온다는 吉運 때문이다

땅위에 서서 절을 하면
海底에 숨은 소라가 절을 받는다

해녀와 소라의 同居를
2천5백 년 동안 주역을 읽은 공자도 동의했다

4
생각은 오줌통에서 흘러나온다
나는 데미언 허스트의 발상에 동의했다
천안 고속버스 터미널 바깥마당에 서 있는
그의 彫像을 보면
생각은 오줌통에서 흘러나온 것이었다

胸曲을 쪼개보면
허파가 있고

허파 밑에 염통이 있다

腹腔을 쪼개보면
腹部 한복판에 밥통이 있고
밥통 곁에 지라가 있고
밥통을 쓰다듬는 간이 있다

下腹部엔
밥통에게 입을 맞춘 작은창자가 있고
꾸불꾸불한 큰창자가 있고
큰창자 입술에게 입을 맞춘 콩팥이 있다

이렇게이렇게 인체의 생각이란
콩팥에게 입을 맞춘 오줌통에서 흘러나온다

한 번 떨어지면 붙지 않는
그 생각,

5
나는 舛駁* 제1호다

내소사로 가는 신작로에 송판 두 장이 떨어져 있었다

짝,

피할 새도 없이 나는 송판을 밟고 지나갔다

송판은 두 동강나버렸다

내가 밟은 세상,

짝

피할 새도 없이 두 동강나버렸다

그렇다면,

세상은 舛駁 제2호인 셈이었다

* 천박舛駁: 뒤섞여 바르지 못함. 즉 순수하지 못함.

6

코스모스는 혼자 있어도

함께 피어 있어도 외롭다는 거다

힘내라 힘내라

내가 좋아하는 고등어가 다 타버렸다

고등어야 고등어 아가미야

코스모스 만발한 길바닥에 비린내를 다오

밧줄을 다오

내 발목과 바다를 꽁꽁 동여맬 밧줄을 다오

코스모스는 외롭다는 거다

내가 좋아하는 고등어가 다 타버렸다

7

능가산 아래 내소사가 있다

내소사 대웅전엔 석가모니불이 있다

석가모니불 눈썹 끝엔 국화 연화 무늬 문살이 있다

이 문살을 보고도 깨닫지 못한다면 밥 먹지 마라

8

내소사 일주문 앞 돌다리를 해체해 놓았다

解脫에 이르는 길이 삐걱거린다는 뜻이다

손 뻗으면 저쪽 격포 바다가 길길이 뛴다는 뜻이다

유정여관 월화 감이 빨갛게 익었다는 뜻이다

즉,

마음을 흔들고 흔들어 껍질을 벗겨낸다는 뜻이다

9

兄,

킬리만자로엔 왜 가나

아프리카 북동부 탄자니아 땅

海拔 5,895m

서늘하고 건조한 그 고산지대엘 왜 가나

사바나에서 바라보면 눈 덮인 산꼭대기 반짝인다니 가
보는 거다

兄,

눈동자의 층계를 밟지 마

반짝이는 눈동자의 층계를 밟지 마

발이 붕 뜨잖아

10
들깨 깻잎을 따 차곡차곡 포갠 다음

맑은 물에 씻어
물방울 털고
멸치육수
진간장 붓고
차돌멩이로 눌러놓았다

들깻잎 장아찌
아 笙篁의 선율

아내의 사랑이 이와 같으니
내가 시인이 된 건 당연한 일이다

11
신학교 다닐 때
쇼스타코비치를 듣다가
나는 무신론자가 되었다

피아노 앞에 앉아 내게 쇼스타코비치를 들려준 장본인은
주교가 되었다가 於焉 뒷방으로 물러나 있고
난 여직 무신론자의 遮陽 아래 밥숟가락 뜨고 있다

이만하면 난 쇼스타코비치에 심취한 사람일 것이다

메뚜기를 보면 메뚜기를 보고 심취했다가
1초 2초 후엔
메뚜기 다 놓아주고 돌아앉으면서

12
비 올 때
만물이 다 젖어버렸다
6m 노가주나무가 쥐방울만해졌다
조심성 있는 나무로 변해버렸다

노가주나무의 말인즉 눈을 너무 크게 뜨면 안된다는 것
이다

내가 좋아하던 小井里 역장 딸도
그 열여덟 나이에 이쪽을 만나면 얼른 눈을 내리깔았다

비 올 때처럼,

내가 지금도 小井里驛을 좋아하는 까닭은
배꼽을 쳐다보는 그 눈망울 때문이다

13
정읍을 지나 고창을 지나
담양으로 갔다
담양 소쇄원으로 갔다

소쇄원 제월당엔 연기나지 않았다
愛陽壇 담장이 부끄럼을 타는지 혹은 어지러운지
대나무를 붙들고 머릿단 절레절레 흔들었다

바람 나와라
내 囊濕症을 말려다오
바람 한 斤을 덜어내다오

담벼락 속에 숨어 있어도
부끄럼을 잘 타는 막돌

14

가야산 一帶 미나리꽝
몸에 철분이 부족할 땐 미나리 부추 마늘을 복용할 것
정신에 虛氣가 돌 땐 가야산 해인사 팔만대장경 경판을
쳐다볼 것

미나리꽝 하얀 미나리꽃을 보고
나는 팔만대장경 경판의 筆順을 바라보았다

미나리는 庚金의 부스러기
庚金은 내 몸으로 볼 땐 腹部 大腸
假令 치질을 앓거나 혈변이 나올 경우 그럴 때는 미나리
를 복용할 것

그러니까 나는 腹部大安을 위해
가야산 미나리꽝에 나와 미나리꽃을 보고 있었던 것

가야산 해인사 팔만대장경 경판을 보고 있었던 것

15

뭔가 내가 좀 아는 척했더니

금방 諄芒
이 나타났다

諄芒은 장자 천지 편에 나오는 안개의 이름
그는 회오리바람 苑風에게 한수 가르쳐주었다

안개 속에서 길을 잃은 듯이 살아가는 즐거움
그의 이름 混冥을 아시는가

날 좀 보시게
안개가 안개 속에 갇혀 있는 줄 알지만 안그렇다니까

자네 쪽에서 보면 내 얼굴 안보일 테지만
나로서는 내 얼굴을 간직해두지 않았을 뿐

諄芒 곁에서 곶감을 빼먹다가
나는 헛바닥으로 곶감 씨를 발라냈다

16
당구공처럼 당구대에 부딪히던 몸,

그 존재를 剔抉할 것

올가을 내가 단풍잎으로부터 배운 度量衡器였다

즉 내 몸무게를 단 저울이었다

아

紅단풍

17

屯浦 아울렛 매장으로 차를 몰았다

아내는 너구리털 조끼를 고르고
나는 거위털 점퍼를 골랐다

전생엔
아내는 너구리였을 것이고
나는 거위였을 것이다

오후 5시엔
너구리와 거위가 손을 잡고 아울렛 매장을 빠져나왔다

찬바람 불든 말든

건너편 신항리엔
2공화국 윤보선 대통령 생가가 있다고 했다

18
甕器匠 김노인이 내 옆구리를 꾹 찌르며 하는 말;
KTX 봤능감

連絡不絶하는 KTX 말잉감 봤지
나는 甕器匠 김노인의 語套로 대꾸했다

甕器匠 김노인 왈
난 못봤는디

저쪽에서 달려들 때 얼른 봐야지
뭐가 휙 지나간 거 같은데 보면 읎잖어

19

내가 장자를 읽고 얻은 결론을 말하자면

그는 악을 미워한 것이 아니라
악으로 가는 방법론을 미워했던 것이다

그는 정치를 미워한 것이 아니라
정치로 가는 방법론을 미워했던 것이다

그는 원숭이 집을 미워한 것이 아니라
원숭이 집을 만드는 방법론을 미워했던 것이다

假令,
연못 속에 핀 붓꽃이 방법론을 지녔다면
그 붓꽃 진보라 손목은 어떻게 붓꽃을 붙들고 있었을까

공자가 또 자로를 야단친 것도
자로의 예법에 방법론 用便이 묻어 있었기 때문이다

찍,

자루를 찢을 때처럼
방법론 옆구리 그쪽에 창칼을 놓아둘 것

20

1689년 숙종 15년 6월,
우암 송시열은 제주 유배로부터 돌아오던 중 정읍에서
사약을 받고 죽었다

그의 세계관은 정직을 통해 인생이 바로잡힌다는 以直
養氣論이었으나
정직도 지나치게 되면 독선에 빠진다는 것을 그는 몰랐
던 것이다

날더러 그를 본받으라고 한다면
강직했던 그의 以直養氣論이 아니라
1659년 그 무렵 효종의 북벌정책과 죽이 맞은 그의 정치
이념이다

북에는 後金이 있었으니까
1637년 1월 30일 松坡에서 무릎을 꿇은 인조의 三拜九叩

頭가 있었으니까

실인즉 북의 천공에 뜬 북두가 반짝반짝 빛나고 있었으
니까
그 무렵 별빛을 향해 달음박질치던 북벌론

21
장흥 삭금에 가서
가을 전어를 먹었다

가시를 발라낼 것도 없이 전어구이를 먹었다

내 생각엔,
북쪽 바다에 살던 鯤이 삭금으로 내려와
전어가 되었던 것

전어를 먹은 뒤
나는 鵬이 되었다

9만리 장천을 날아오르는 새가 되었다

22

리차드미용실 은아 양은 芳年 스물한 살이다

웃을 땐
클레오파트라처럼 웃고
껌정 블라우스 소매 걷은 채 손님의 머리칼을 감겨줄 땐
막달레나 마리아처럼 입을 다물었다

집에 가선
바구미가 방바닥을 기어 다녀도
손톱으로 콕 누르진 않을 것이다

난 은아 양의 꿈이 헤어디자이너인 것을 안다
문 쪽에서 은아 양의 畢生이 걸어 나왔다

검소한 재벌의 師母님 한 분,

23

텻哥도 있나요

있고말고 중국의 치자 習近平이 있지

치자의 이름치곤 참 좋은 이름이네요

14억을 통치하는 이름이니 그만은 해야지

14억을 가까이 끌어안는다는 뜻이니 얼마나 멋져요

아냐 단 한 사람을 끌어안아도 끌어안으면 멋진 거야

그래요 14억을 한 사람으로 보고 그 14억을 끌어안을지
몰라요

그럴 테지 익힐 習字를 봐 무섭잖아

習,

24
남양주 어디쯤 팔당 어디쯤 양수리 물결 어디쯤

빗방울 흘러내리는 그 자리에 주저앉아 茶山 수염을 바라봤다

公이 만든 擧重機를 보았다

1796년 화성읍성 축조,

집채만한 돌덩이 화강암을 들어올린 擧重機를 보았다

擧重機를 보고 揖,

머리를 들고 보니

擧重機는 내 몸 頭蓋骨 집채만한 화강암을 하늘 꼭대기로 들어 올리는 중,

지금,

25
寅時에 내리는 겨울비는

비 아닌 별인 거다

홀로 캄캄한 밤을 지키지 못하고
寅時에 내리는
별인 거다

이 밤중,
몸을 빼버리면
내 슬픔은 이제 길바닥 위에 반짝이는 별

於焉 동트는 발짝 소리

아 빗방울 소리

26

美濃紙에 싸매온 떡을 먹었다
시루떡 白雪糕

먼저 普賢菩薩이 손을 댄 떡이니
白雪糕 먹으면

내 명줄은 3천년이 더 늘어날 것이다

白雪糕 먹은 뒤
普賢처럼,
나는 내 業障을 참회했다

이젠,
손등 위로 풍금거미 올라와도 그냥 둬야지

27
상대방을 편안하게 해주는 소금쟁이
모르긴 해도 딴 밥그릇에 먼저 밥 퍼주고
나중에 제 밥숟가락을 뜨는 소금쟁이
다북쑥이나 하늘이 베풀지 않으면
아무것도 손에 쥐지 않는 소금쟁이
누구 擦過傷 눈에 들어오면
달려가 동여매고
달밤 달빛과도 사귀면서 보폭 줄여가는 소금쟁이
된서리 내린 풀밭 걸을 땐 옆구리 체온을 나누어 쓰며
나비처럼 춤추는 소금쟁이

물위에 다녀도 젖지 않는 소금쟁이

딸아 너는 그런 사람 만나 시집가거라

28
풍세를 지나 풍세의 콧등 광덕을 지나
보산원 곡두터널을 빠져나왔다

여기서부터는 길을 내 몸에 붙이고 가야 해
아내가 내 코를 돌아다보며 묻는 눈치다
길이 내리막길이잖소

차는 부릉부릉 가파른 언덕을 기어올랐다

여기서부터는 길을 천하에 붙이고 가야 해
아내가 내 코를 돌아다보며 또 묻는 눈치다
길이 오르막길이잖소

차는 사곡 사과밭을 돌아 횡 달렸다

174

당신 사랑은 사과만하네
겨우 고만한 사랑
아니야 사랑이 빨갛다는 뜻

어느새 차는 정안으로 빠져나왔다
나는 콩다콩 다시 지껄였다
길이 몸에 붙을 땐 몸이 뵈고
길이 천하에 붙을 땐 천하가 뵌다네*

여보 그럴 듯하네요
내 말이 아니야 노자가 한 말이야

* 고이신관신 이천하관천하 故以身觀身 以天下觀天下.
그렇지 않다면 내 어찌 천하의 그러함을 안다고 하리.
그 때문 (오하이지천하연재 이차 吾何以知天下然哉 以此 『노자老
子』 54장).

29
어젠 아내의 손에 노자의 押韻을 풀어 놓았으니

旣往,
노자를 이야기한 김에 한마디만 더 援用하자면

길은 숨어 있으니 이름이 없다*

60년 전,
아홉 살 지게 위에 여우박골 참나무 둥치를 지고 내려올 때
그 길은 갈잎 속에 숨어 있었다

길은 또 一方이었다가 萬方이었다가

70이 되어
희미해진 길바닥 가볍게 가볍게 밟고 걸어보려고 해도
발목이 아프고 구두는 무겁다
내가 한술 더 떠서 말하노니

길은 있으나마나한 것

*길은 숨어 있으니 이름이 없다(도은무명道隱無名 『노자老子』 41장).

30

갈퀴를 들고
마당에 깔린 검부러기를 긁었다

꿈을 깬 후
박을 긁듯이
A4용지에 붙은
내 시의 贅辭들을 박박 긁어냈다

잠시 후
贅辭 또 한 겹을 걷어냈다

여전히
내 책상 위엔 꿈속 그 검부러기 수북이 쌓여 있을 뿐

31

절벽 앞으로 지나갈 때
절벽이 무너지는 소리를 들은 것도 같다

절벽 위에 핀 달맞이꽃을 보고

난 내 무르팍에 붙은 주름을 털어냈다

혹시 절벽이 무너질까봐
난 무르팍 주름을 탈탈 털어냈다

절벽에게 내 배꼽을 떼어줄까
절벽을 등에 지고 독사진 한 장 찍어볼까

살짝 웃으면서

32
지금도
내 인생은 송곳처럼 확실하진 않지만,

내 눈이 휘둥그러진 것은
너의 臀部에 붙어 있는
麝香 때문이다

내 손을 좀 비벼다오
臀部를 만질 수 있도록 내 손 좀 비벼다오

麝香을 만질 수 있도록 내 손 비벼다오

잠시 후
해 떨어졌다

33

退溪 선생 묘소에 도착,

退溪가 退溪인 것은
겨울이 겨울인 것과 같다

빗돌에 쓴 晚隱
저물 晚, 숨을 隱
생전 天山遯을* 몸에 붙인 선생
죽어서도 죽음을 숨기지 못한 탄식인 듯

선생은 淸涼山 바라보고
냇물을 바라보고
晚隱이라고 귀띔했을 것이다

오늘은 淸凉山 물방울이 내 스승이다

* 천산둔괘 天山遯卦 ䷠ 상사象辭 · 군자는 이 모양을 보고 밖으
로 물러나 소인을 멀리하되 악하게 하지 않고 엄하게 한다(군
자이원소인 불악이엄 君子以遠小人 不惡而嚴)는 것.

34

풀밭을 밟을 땐 조금 전에 한 말이 생각나지 않았다
그림책에서 본 힌두의 3神 시바도 싹 지워졌다
풀은 시바의 얼굴보다도 훨씬 요염했다
런던 郊外 리즈城
풀밭을 걷다가
난 난데없는 쇠붙이를 밟았다

리즈城 2층 천장에 붙어있는 무쇠촛대,

1534년,
그러니까 헨리 8세는 교황 클레멘스 7세를 버리고
가슴팍 옥지르던 무쇠를 뽑아
성공회 종탑 위에 매달아 놓았던 것

리즈城,

버드나무 풀밭을 걸을 때

그러니까 내가 밟은 쇠붙이는

그때까지 남아 있던 헨리의 무쇠였던 것

아니 아니

내 가슴팍 옥지르던 무쇠였던 것

地上詩篇

VII부

1

方今
左傾의 項目은 취소되었다

밖엔 싸락눈이 내렸지만
난롯가 천사의 나팔 下腹部엔
새싹이 나왔다

아내는 醬을 담그러 네팔로 갔다
네팔 상공 카트만두의 구름꽃
구름꽃 그 다음에 숙성된 효소 한 바가지 뜨러
네팔로 갔다

아내는 오지 않았지만
나는 매일 구름꽃밭 헤치며 散策한다

或,
저쪽 눈밭 진흙이어도
나는 네팔産 신발을 신고 散策할 거다

2

나는 침을 삼켰다
내 입술에 닿은 달을 삼켰다

나는 침을 삼켰다
내 입술에 닿은 돌을 삼켰다

내가 내 몸에 붙어 있도록
나는 침을 꿀꺽 삼켰다

내 마음은 지금 膀胱에 붙어 있다
털 많은 짚신벌레가 膀胱을 물어뜯었다

반가운 내 同壻 짚신벌레,

3

비바람이 몰아쳤다

문빗장을 채웠지만
우지직,

문빗장이 부러지고 대문이 활짝 열렸다

陰虛한 귀신이 달려온 것이다

당신 등덜미에 붙은 귀신을 비틀어 낚아챘다

마당 가뜩 낙숫물이 흘러넘쳤다
그렇다면 콩팥의 腎氣를 잘 단속할 것

그러나 陰虛하기 짝이 없는 귀신은
흔적을 남기지 않고 나돌아 다녔다

假令,
당신을 사랑하는 내 마음엔
문빗장을 채우지도 않았으니

4
얼음과자를 이빨로 깨물어 먹지 않고
입술로 빨아먹었다

내 마음이 천공으로 치솟아 올랐다

내 전신거울이 걸려 있는 곳은
大腿骨 下顎骨 어디쯤인 것

그러기에 난 내 몸에 꼭 맞는 기분을 유지할 수 있다

김춘만,
술 한 잔 하세

5
그림자는 선을 넘었다

나는 조심했지만
그림자를 밟지 않으려고 조심했지만

그림자의 본체가 내 얼굴이라는 것이다

얼굴을 들고 살아왔지만
진실로 얼굴을 숨기고 싶을 땐

얼굴을 숨길 곳이 마땅치 않다

엉거주춤 귀를 만지며
자금성 박물관에 서 있던 土偶
그 土偶 彭書房처럼,

6
주역을 관통하는 원리 하나는 待對性이라는 것
陰과 陽이 그것

물속에 불이 있고
불속에 물이 있는 그것

애기똥풀을 보면 떡갈나무는 너무 높다

그렇네요

보이지 않아도 큰바위 얼굴
들리지 않아도 상냥한 목소리

보조를 맞추자면,
心臟이 불타오를 땐 腎臟의 물을 補해야 한다
즉
가슴이 쪼여올 땐 찬물을 삼켜야 한다

그렇네요

보이지 않는 부분을 더 힘껏 만질 것

7
당진 장고항에 가서 간재미를 먹었다
꼬리 하나 달린 간재미 암놈을 먹었다

참나물 당근 오이 양파 사과를 곁들인 간재미회 먹었다
간재미 매운탕을 먹었다

영하 19 °C
생각을 끊고 간재미를 먹었다

먼 바다에선 호른이 울었다

190

빈 심포니 호른 연주자의 호른처럼,

춘삼월이 오더라도
길바닥 비름과 눈 맞춘 언약 따위 다 놓아줄 것

8
원주엔
海拔 1,288m의 치악산이 있고
육군대장 일군사령관이 있고
시인 김지하가 살고 있다

이만하면,
든든한 땅

9
옹진만 덕적도에 가서
덕적도 바위를 보았다

덕적도 앞바다의 푸른 풍랑을

내 힘으로는 달랠 수 없다

니체는 바위의 품위에 대한 명상을 빠뜨렸다

난
덕적도 앞바다의 풍랑을 품은 바위를 보았다

1만년이 지나갔다
난 1만년을 꿈꾸고 있었던 것

10

모로코 무두장이 하메드와 신발工 압델리라는
35년간,
이쪽에선 가죽을 대주고 저쪽에선 구두를 꿰매 식솔을
먹여 살렸다
노란 양가죽을 대주면 노란 양가죽 구두가 나왔다

발로 밟은 무두질과 손으로 만든 구두재단
모로코 구두는 손발이 합칠 때 나온 것이다

그러니까 근본은 없는 것이다
하메드의 발과 압델리라의 손이면 충분했다

11
배불뚝이 푸른 배추야 들어라
내 품안엔 만돌린이 있다
나폴리에 가서 싸매온 만돌린

베수비우스 앞바다 물결을 꼬르륵꼬르륵 삼키는 만돌린
소리

배추야
소금에 절인 배추야

내 뱃살 飽滿이 내려앉았다

불영사 남새밭 배추속이 나와 같다

12

금낭화와 내 몸 사이는 먼 팔촌이었다

한라산 城板岳에 올라온 까마귀 날갯죽지와
내 손가락 사이도 먼 팔촌이었다

이 간격으로 볼 때
나는 너무 오래 살았다는 생각이 들었다

서귀포 이중섭이 그린 노란 달과 검은 까마귀는
지금도
電線 너머 형제처럼 올망졸망 함께 살고 있는데

13

쌍용노인복지관에서 나온 독거노인관리사가
쭈그러든 蓖麻子를 본 듯 내 앞으로 다가앉았다
월수입은 얼마며 친구는 누가 있으며 자식은 또
몇 두었는지 꼬치꼬치 캐물었다

이때 내 무르팍에 놓인 명세표 중

맨 앞줄로 튀어나온 물건 하나는
쭈그러든 蓖麻子가 아니었다
틀니 박은 내 친구 공명규가 아니었다

서울 광진구에 살고 있는 내 딸도 아니었다

하늘을 뒤집어 놓은 까마귀도 아니었다

내 손에 들어와 문드러지고 문드러진 지우개 하나
몽당연필 또 하나

14
토광 앞에
쥐덫을 놓았다

北魚대가리를 물어뜯다가 팍 걸려들 것이다

쥐는 녹두새를 닮았는지
北魚대가리 놓아두고
좁쌀 쩔쩔 흘리며 토광 近處 드나들었다

쥐는 알았을 것이다

내 운명은 쥐덫이 아니라는 것
北魚대가리도 아니라는 것
좁쌀 한입도 아니라는 것

볼때기에 붙어 있는 운명은
내가 내 몸을 끌고 가는 맨발이라는 것

내가 내 몸을 끌고 가는 빨간 맨발이라는 것

15
안쓰러운 마음이 있으니 난 주관에 갇힌 벌러지 면하기
는 틀렸다
코가 막혀 숨쉬기가 어려운 것도 그 때문이다
그러니 뭘 아는 척하고 하늘 보고 별 보고
땅속에 불이 들어 있느니 없느니
納音 따위 육십갑자에 배정해 놓고

침 꿀꺽 삼키고

보이느냐 들리느냐 시끄럽게 떠들었느니라

제주도 성산일출봉이 보이느냐

눈을 감아도
일출봉 민박집 먼 바다가 보이느냐

16

맨드라미꽃밭의 모든 맨드라미 이름은 충분이었고

이름 없는 모든 맨드라미 등때기는 결핍이었다

나는 맨드라미꽃밭에 들어가 맨드라미도 보고 딸기꽃도
보았다

딸기꽃은 여분이었다

맨드리미꽃밭에는 충분과 결핍과 여분이 이렇게 함께
살았다

이제와 보니,

그 이름 없는 맨드라미 등때기가 마음에 걸렸던 것

결핍이 내 속살이었던 것

17
취암산은 움직이지 않았다
취암산 꼭지 독수리를 빼닮은
먹바위는 움직이지 않았다

고매한 정신은 움직이지 않았다
고매한 정신이 움직이지 않는 것처럼
취암산은 움직이지 않았다

성숙한 정신은 움직이지 않았다

다만
취암산으로 가는 그 오솔길 애기똥풀에 붙은
풀거미 발가락이 잠깐 꼼실거렸을 뿐,

성숙한 정신은 움직이지 않았다

하나님은 움직이지 않았다

18
날다람쥐는 서나무 껍질을 붙들고 날아다녔다

나는 겨우 이것밖에 모른다
당신을 움켜잡고 있을 뿐
놓아줄 줄 모르니
그러므로 나를 날다람쥐 발톱이라고 불러도 좋을 것이다

나는 겨우 이것밖에 모른다
당신의 결핍을 쪼아대고 있을 뿐
채워줄 줄 모르니
그러므로 나를 날다람쥐 송곳니라고 불러도 좋을 것이다

부디 내 體毛를 살펴보기 바란다
날다람쥐 四寸
類人猿이 가진 저 특수한 기관 以外

내 몸에 착 달라붙은
어떤 정신,

19
온양은 온양의 가장자리일 것이다

지빠귀가 울었다
지빠귀는 나뭇가지에 앉아
나뭇가지의 가장자리에 대하여 울고 있을 것이다

바람이 바람의 가장자리로 불고 있는 것을 보면
가장자리는 조금도 불충분하지 않았다

아픔인 듯
아픔이 아니면 무지개인 듯
길에서 만난 낭떠러지인 듯
어둠인 듯
어루만지기도 전에 내 마음을 사로잡은 陷穽

지빠귀는 나뭇가지에 앉아

나뭇가지의 가장자리에 대하여 울고 있을 것이다

온양은 온양의 가장자리일 것이다

20
육신은 육신이로되
바다는 某種의 음모인양
제 몸집을 한껏 부풀려가며 안달복달했다

즉
대진항 등대전망대에서 본 바다는
코끼리 코처럼 구부러진 하나님의 集魚燈을 내동댕이치
고 있었다

하나님의 集魚燈이 이르되
진리의 비늘을 보는족족 虛事로 취급할 것

등대도 밭을 뺀 이상
당신은 돌아오는 날 망하리라
당신 떠난 後尾 8년,

전체적으로는
대진항 魚物 좌판에 올라앉은 박달대게의 뽀글뽀글한
唾液
그 唾液,

21
정안을 지나
탄천을 지나
진흙을 밟고 진흙을 피해 한참을 더 걸어가면
논산 딸기밭이 나온다

개망초를 모르고
暗褐이 暗褐인 줄 모르고
빨간 딸기를 입에 물면

내 입 안은 生時,

개망초가 일어나고
暗褐이 일어나고
於焉,

내 슬픔의 뼈가 일어난다

저쪽 금강엔
지난밤 내가 뭉개놓은 개꿈이 흘러간다

22
내 몸은 떠올랐다
붕,

남당항에 가서 새우를 먹더라도
등이 굽은 새우를 먹더라도
나는 붕 떠올랐다

보이진 않았지만
내 심장의 본질은 허공일 것이다

假令
날카로운 미텔레기
알프스의 미텔레기 능선
그 難코스,

장다름 정상에 올랐던 마키 유코를 만나게 되면

슬쩍
빼주어야겠다
마키 유코에게 이쪽 남당항 허공 몇 개를 빼주어야겠다

23
꽃잎새 떨어지는 그 시각
꽃봉오리 벌어지는 그 시각

1과 0의 차이
전체와 소멸의 차이

밥 먹던 중
그 차이 콩나물가닥처럼 내 이빨 새에 끼었다

날더러 주역을 강의해달라는 청이 왔다
점잖게 거절했다

그날 오후

나는,
혹성산에 올라가 개미똥구멍을 오래 들여다보았다

24
딱딱한 뚜껑을 눌러쓴 甲殼類는
關節에 몸을 맡기고 기어다녔다

투명한 關節,

당신이 내 關節이었다

25
삼척,
半음지 산간 비탈밭을 덮은
눈개승마

내 슬픔에 걸맞는
눈개승마

或
내 肋骨을 보려거든
내 사랑 꽃잎 肋骨을 보려거든
牛음지 산간 비탈밭을 덮은
눈개승마를 보아다오

삼척,
牛음지 산간 肋骨의 은신을 보아다오

꽃잎 없어도,

어둔 밤
플롯 부는 딸을 싣고
대치동을 달리던 당신

26
난,
당신의 손을 놓았다

충분하진 않았지만

당신의 손을 놓아버렸다

딱새과 되지빠귀도 떡갈나무 넓은 손을 놓아주는 걸 보면
남양주 광릉 노랑지빠귀도 보리수나무 흰 손을 놓아주는
걸 보면

먼 하늘,
초승달이 쳐다보든 말든

27

말레이시아 페낭 극락사 안에는
거북이를 길러내는 구덩이가 있다

고백하자면
내 胸廓 문전에도 구덩이가 있다

거북이 대신 공룡을 길러내는 구멍

구름 공룡,

페낭엔 또
강황 후추 계피 정향 산초 등 향신료를 파는 가게도 있다

번식기마다
강황 후추 계피 정향 산초 등 향신료가
구름 공룡의 알을 낳았던 것

강황 후추 계피 정향 산초 등 향신료가
구름 공룡을 찌르는 刺客이었던 것

흐물흐물한
내 구름 공룡의 혀,

28
송아지야 졸지마라

고령 덕곡면 가야산 近洞
김점례 할망이 우슬을 삶았다

가마솥에 우슬 넣고

1시간을 삶아낸 우슬茶

우슬茶 한 잔 먹어봐라

창녕宅
腰痛에 손대지 말고
우슬茶 한 잔 먹어봐라

우산 쓰지 말고
소나기 때려도
우산 쓰지 말고

창녕,
졸지 말고

29
꺅도요를 본 적이 있다

천수만에 가서

꺅도요를 본 적이 있다

볏모가지를 밟은 꺅도요

황갈 꺅도요

천년이 흐른 후

꺅,

울고 또 울던 꺅도요

이와 같다,

화엄 사이 내 두개골

30
天秤을 들고
내 몸에 묻은 금가루를 재보았다

몸무게 67kg을 控除

땀구멍에서 나온 금가루 0.7g

이토록 窮했단 말인가

地上詩篇

VIII부

1

의자를 밀어냈다

난 의자를 밀어냈다

텍사스 보몬트의 석유 같은 새까만 의자를 밀어냈다

발목이 새까만 의자를 밀어냈다

콧구멍이 새까만 의자를 밀어냈다

난 묵묵한 의자를 밀어냈다

그쪽에선 너도 살이 찔 것이다

좀 편안해질 것이다

말하자면

의자와 내 무르팍 간격이 너무 비좁았던 것

말하자면

당신과 내 무르팍 간격이 너무 비좁았던 것

2

난 전생에 다메섹에서 올리브나무를 키운 것 같다

내 몸에 쌓인 糖,

尿道를 흔들며
올리브油가 내 몸에 쌓인 糖을 씻어냈다
올리브油가 내 運을 끌고 다녔다

딱 눈두덩을 얻어맞고 난 후
내 마음이 바뀌었다

또 몸에 쌓인 糖,

가급적 동물성 기름을 먹지 말 것
한마디로 말해 속초로 돌아갈 것

울산바위를 등에 업고도 몸이 가뿐하다는 그 속초로 돌
아갈 것

3
빗소리를 들으며
난 빗소리를 듣지 못했다

가슴팍 속살 肋骨을 도려내는
그 칼날 음성을 듣지 못했다

桶은 桶이 아니었다
마음은 마음이 아니었다

간단한 桶이든 마음이든
두 손바닥으로 거머쥔 桶 안에
마음속에
빗물을 잘 받아 놓으라는 뜻이리라

濕 一步 二步를 조심하라는 뜻이리라

그다음
아무 말도 하지 말라는 뜻이리라

소낙비 30분,

4
인조대왕의 朝臣인 李貴는 방귀쟁이였다

朝堂에 入朝해서도 방귀를 뿡뿡 뀌었다

어떤 땐
경복궁 근정전의 처마마루에 앉은 獬豸도 방귀를 뿡뿡 뀌
었다

덕산면 남연군 묘소에 박힌 望柱石도 방귀를 뿡뿡 뀌었다

이따금
내 臀部에서도 방귀가 뿡뿡 새나왔다

아
태평한 나날,

5
공자는 언제나 둘을 얘기했다
不二過,
두 번의 잘못은 안된다는 것이었다

둘은 타협의 産室이었다

218

己와 人의 타협
주관과 객관의 타협

아담은 두 아들을 두었는데 장자 카인이 자기보다 선한
아벨을 죽였다
카인은 부글부글 끓는 냄비뚜껑을 보았던 것

냄비뚜껑을 본 공자는 냄비뚜껑을 깨버렸다

常共和
주격과 소유격을 나누지 않은 문무왕조 義湘처럼,

그 후
공자는 타협주의의 수혜자가 되었던 것

6
부여 궁남지에 가서 보면
두 손에,
천지를 받들고 있는 연잎을 볼 수 있다

연잎의 산울림 연꽃을 볼 수 있다

대낮인데도 달이 떴다

달 아니어도
내가 달이 되면 그뿐

7
결국
녹나무를 보더라도 人面이 박혀 있고
소나무를 보더라도 人面이 박혀 있다

文匣을 열면 단추가 나왔다
단추를 보더라도 人面이 박혀 있다

탁비의 얼굴이었다

서쪽 70리 羭次山에 살고 있는 새
생김새는 올빼미 같았지만
얼굴은 人面 외다리 한 짝으로 살고 있는 새

그 탁비의 얼굴이었다

나무나 새나
온 세상,
내 눈구멍 羭次山엔 탁비의 얼굴이 박혀 있다
山海經 왈,

8
몰입 없이
등나무 밑 벤치에 누워 낮잠을 청했다
꿈결 건너
난 이탈리아 남부 메타폰툼으로 달려갔다

미학자 피타고라스를 만났다

검댕이 묻어날까
흰 수탉을 만지지도 않은 피타고라스를 만났다

묻진 않았지만
그는 검댕과 하양의 角이 같다는 것을 간파한 후

자신의 금욕주의의 眉間을 더 좁혀 놓았던 것

힐끔
그는 내 하복부 肥滿을 내려다보더니 혀를 차며 돌아앉
았다

배부른 자네와는 턱을 마주 댈 수 없다는 듯

9
외관과는 거의 혹은 전혀 관계가 없는 물체
즉,
당신의 손은 늘 兩端을 거머쥐고 있다

필라델피아 미술관內 피카소의 그림을 보면
그는 사람의 얼굴 측면과 정면을 동시에 그려냈다

각설하고,

兩端은 또 한산 모시 공방 베틀 위에도 떨어져
모시 한 疋로 돌아왔다

내 바짓가랑이 近處
벌레 한 마리 죽어 넘어졌다

恰似 지구의 공전처럼 보이진 않았지만
갸륵한 兩端을 통합하건대
벌레는 별 볼일 없는 날 위해 죽어 넘어졌을 것이다

쩍쩍,
지금 하늘엔 쌍무지개가 떴다

10
당나귀가 울었다

당나귀가 울면
그쪽 공기 분자들의 진동을 바라볼 것이 아니라
당나귀의 똥을 쳐다보아야 할 것이다

그날 당신은
당나귀의 똥 近洞으로 갔다

당나귀 똥 바깥엔 그저 물질의 진동만 있을 뿐,

1679년
유물론자 홉스도 그 말하고 죽었다

11
백화점에 가서 여우티를 샀다

뽈그스름한 色,
게다가 商標마저 여우였으니
여우티는 내 맘에 쏙 들어왔다

전생엔 내가 여우였나보다
뽈그스름한 色에게 몸을 실었으니까

이제와 말이지만
바위를 보면 바위에게 몸을 실었으니까

내가 내 자신에게 창피할 만큼

12

매미가 찌 울고 있는 속내를 얘기하라면
그건
악과의 싸움보다도 더 어려운 폭염을 잘 건너가보라는
뜻이리라

올여름 타협을 거부한 폭염을 잘 건너가보라는 뜻이리라

폭염 왈,
공자 왈,
適當主義는 옳지 않다는 것이었다

孫 子思를 꾸짖었듯이
그 중간을 잡지 말라는 것이었다

주걱을 들고
악의 뺨을 짝 때릴 순 있었지만

13

나나니벌은 나방의 애벌레 螟蛉을 물어다가 제 새끼로 만

들어버렸다

나방의 애벌레 螟蛉이 나나니벌이 되었던 거다

실은 구멍을 꽉 막은 다음
나나니벌 애벌레가 구멍 속에서 螟蛉을 파먹으며 나나니
벌이 되었던 거다

나나니벌과 나방은 한몸이 되었다

이렇게 나와 당신은 한몸이 되었다
勿論 내 식사는 適當量이었다

14
북면 냇가에서 달맞이꽃을 보았다

난 달맞이꽃에게 말을 걸었다
달맞이꽃이 대답했다
달맞이꽃은 한 번만 대답했다
딱 한 번 뿐이었다

찬밥을 먹으면 이로울 것이다

칵,
달맞이꽃 노랑을 보자마자
달맞이꽃 노랑 光彈이 내 목구멍을 불시에 틀어막았다

생각해보니 찬밥이란 달맞이꽃 노랑의 은하수 물길이었
을 것이다

요즘에 와서
난 그렇잖아도 찬밥 먹는 빈도가 잦았으니
大吉이었다

15
학장의 자리는 공석 중,
두 달만에 내 이름이 불려졌다

불현듯 이제상 선생이 달려왔다
이제상 선생이 학장이라는 것이었다

기원전 3세기
지중해邊 이집트 알렉산드리아의 에라토스테네스도 달
려왔다
그의 주장은 지구의 표면이 曲面이라는 것이었다

말하자면 우리 3人士는
지구 표면의 한 曲面 위에 앉아 있었던 것이다

그러니까 날 찾으려거든
학장의 자리를 끼웃거릴 것이 아니라
부디 지구 표면의 한 曲面을 들여다보라

내가 앉은 자리로 떠오르는 무지개 7色,

16
1420년,
鄭和가 아프리카에서 明으로 데려온 기린 목엔
아프리카의 희망峰이 걸려 있었다

목에 아프리카의 희망峰을 매달았으니

기린의 모가지가 기다래진 것이다

勿論
기린의 목엔 썩은 달걀이 걸려 있고
지구와 같은 행성 1,000개가 들어갈 목성이 걸려 있고
또 목성 근접으로 도는 갈릴레오 위성들도 걸려 있다

아
밤마다 난 그 기린의 목덜미로 기어오르는 꿈을 꾼다

17
하품을 하면서
난 내 자신을 포기해버렸다

난 내 자신에게 붙어 있지 않았다

이오니아는 이오니아海에 붙어 있지 않았다
그리스 동부 에게海 연안으로 이주해온 사람들이 에게
海 연안을
이오니아라고 불렀던 것이다

印度는 印度에 붙어 있지 않았다
수레바퀴처럼,
印度는
生死 영원히 반복되는 海印 끝자락에 대롱대롱 매달려
있었으니까

그러므로
밥 먹을 때만
난 내 口腔의 眷屬이었다

아
넓고 넓은 당신의 口腔

18
瓣에 대하여 말할 것 같으면
花瓣이로되

잇꽃 花瓣에 대하여 말할 것 같으면

유동체 잇꽃의 구멍에 붙어

구멍의 開閉作用을 하는 그 날름쇠 扮으로
잇꽃이 잇꽃으로 피어올랐던 것

瓣에 대하여 말할 것 같으면
잇꽃의 운명을 간섭한 花瓣이로되

나야말로
於焉,
갠지스강 모래밭으로 훅 날아갈 모래 한 알갱이로되

19
마음이 아니라
정신이었다

정신이 아니라
쓰레기통에 관한 敍述이었다

날 지켜보는 바람처럼,

오늘도

가나안 돌길을 밟고 다니며

내가 콧노랠 홍홍거리는 까닭,

20
난 내 本位를 이탈해본 적이 없다
간밤 꿈에는 지네를 보았다
발가락이 30인지 300인지 꼼질꼼질 꼼지락거리는 지네
를 보았다

헤겔套로 말하자면
이는,
내가 세상 모든 雜種을 붙들고
이것들의 군왕이 되고자한 욕망의 反擊인 바

나뭇잎이 찰랑찰랑 춤추는 것도
딴은 나뭇잎 하늘 그 邊方의 군왕으로 등극하는 축제인 바

이와 같은 내 자신의 本位를 버리고
난 오늘밤 우리집 강아지 황새하고만 놀았다

21

맨드라미는 맨드라미에 붙어 있지 않았다
맨드라미꽃밭엔 맨드라미꽃 없단다

매혹이 무언지를 깨달은 옥단아
맨드라미꽃밭엔 맨드라미꽃 없단다

매혹이란,
맨드라미 앞엔 맨드라미 없다는 뜻이니

옥단아
그러니 날 찾지 말아다오

22

날 다알리아로 보아다오

다알리아 곁에서
다알리아를 흔들던 자가 사라진 후
다알리아가 사라졌다

즉,
雜音이 가듯
다알리아가 사라졌다

내 얼굴을 비추던 거울도 무용지물이 되었다

내 居住地를 묻지 말아라

히말라야 부탄 팀부로 가는 자갈밭이든
허무든

23
솔잎을 밟으며
난 交媾에 빠졌다

당신의 살갗 속으로 파고들 때
별처럼
내 匿名은 더 높이높이 떠올랐다

느릅나무처럼 무겁던 당신

느릅나무 아래
그렇다면 난 느릅나무의 느릅나무로 늙어가겠구나
늙어가겠구나

날 찾지 말아라
오늘은
당신의 살 속으로 파고들어온 날 찾지 말아라

산을 내려가는 대로
난 내가 좋아하는 쇼스타코비치를 들을 것이다

24

기원전 327년
그리스인 칼리스테네스는 고문을 받은 뒤 처형당했다
페르시아인들이 왕에게 취한 *俯伏*처럼
알렉산드로스에게 *俯伏*을 하지 않은 죄목이었다

하루에도 몇 번씩
난 내 목덜미를 만져보고 또 만져본다

그리스인처럼

칼리스테네스처럼

왕에게 난 俯伏을 하지 않았으므로

25

빼뿌쟁이는 길바닥 아무데나 깔려있다

至人의 존재방식이 이러했다

전국시대 그때도

빼뿌쟁이 곁에

장자가 앉아 있던 方席이 놓여 있었으니까

담양댁은 질경이를 빼뿌쟁이라고 불렀다

매화라고 부르지 않고 해당화라 부르지 않고

담양댁은 질경이를 빼뿌쟁이라고 불렀다

담양댁처럼,

길바닥 아무데나 깔려 있는 질경이풀 보면 그냥

빼뿌쟁이

나머지는 입술과 혓바닥을 함부로 놀리는 搖脣鼓舌일 뿐

26

천안에서 전주로 가는 기차는 정기권을 이용할 땐 할인이 되었다
천안에서 전주로 가는 시외버스노선은 정기권을 발매하지 않았으니
할인이란 게 없다
이렇게 관습이 굳어졌던 것

관습을 벗어나면 그때부턴 예감을 붙들고 살아야 할 것이다
내가 과학철학자 뿌앵까레로부터 배운 것은 이 예감이었다

대문 앞에 서서 난 당신을 기다렸다

내일
당신은 하이힐을 신고 달려올 것이다

혹
내 옷소매 여전히 허공에서 나부꼈지만

27

며칠 전

난 도고에 가서 말을 탔다

말안장 위에 올라앉아 마냥 몸을 흔들었다
멀고먼 穹蒼처럼
말안장은 안으로 구부러진 채 천년만년 끝없이 뻗어나
갈 모양새였다

1615년 혹은 그 몇 해 전
갈릴레오 갈릴레이는 밤하늘 목성을 바라보고
목성 주변에 돌고 있는 달을 보고
하늘의 境界에 대한 의문에 사로잡혔다

즉,

플로렌스 외곽에 살고 있던 그는
하늘의 표면을 보고
땅에도 하늘에도 境界가 있다는 사실에 몸을 떨었던 것
이다

그러나

하늘의 境界를 찾을 것도 없이
말안장 위에서 몸을 흔들던 나는
말안장을 보고 내가 내 자신의 境界라는 것을 깨달았다

말안장처럼,

나 또한 안으로 구부러진 채 매일매일 팽창하고 있었던 것

28
1436년,

공간의 깊이를 발견한 부르넬레스키는
일단 공간을 향해 기도한 다음
피렌체의 산타마리아 델 피오레 대성당 돔을 높이 쌓아올
렸던 것

오늘
부르넬레스키는

산타마리아 델 피오레 대성당 그늘에 앉아
멀고먼 공간 대성당 돔을 치켜보고 있는 중

그동안,

죽은 다음
산타마리아 델 피오레 대성당 돔이 없는 나로서는 어디
를 치켜볼까
어디를 치켜볼까

간신이 내 마음속 빈 공간 그것 하나면 될까

29

그날 오후
남연군 묘를 찾아간 것은
일국의 황제가 나올만한 땅이 그곳에 있는지 확인해볼
요량 때문이었다

가야산 서원산 계곡 마구리 수구를 지나면서부터
내 몸은 붕 空氣 속으로 떠올랐다

대궐로 들어가는 기분,

봉분 앞에 서서 보니
내 눈앞엔
지관 정만인이 바라본 二代天子之地의 지형이 아닌
하옥대감 김좌근에게 준 단계벼루가 알른거렸다
흥선군의 주도면밀한 뇌물 단계벼루가 알른거렸다

1863년,

황제의 등극은
좌청룡 우백호 주산 조산 안산 배산임수의 지형에 닿은
墓穴로부터 온 것이 아니라

내 몸이 붕 떠오르는 空氣 속

즉,

단계벼루를 뇌물로 바치는 굴욕으로부터 온 것

30

팔로마 피카소가 디자인한 인조보석 목걸이엔
모로코나비가 날아다녔다

모로코나비의 색상은 파랑이었다
시바신의 눈망울 같은 파랑이었다

팔로마 피카소의 목덜미 近處
그 목덜미 近處

모로코나비의 일생이 흔뎅흔뎅 흔뎅거렸다
모로코나비의 파랑이 흔뎅거렸다

다른 것은 몰라도

모로코나비가 파란 것은
시바신의 눈망울처럼,

지상의 독을 끌어모아 한몸에 삼켰기 때문일 것이다

천상의 파랑 그 파랑이 천상의 독을 삼켰듯이

『地上詩篇』 연재를 마치고 ─ '방광膀胱의 시학'

  나는 『지상시편』 8부작 총252편 (아마 두 편 혹은 세 편
으로 축약할 수도 있을 것이다)을 쓰면서 신들린 듯이 썼
다. 이 연작을 쓰도록 배려해주신 시문학사에 깊은 경의
를 표하지 않을 수 없다. 물론 과욕이었을 것이다. 차제에
몇 말씀 소회를 밝혀 스스로에게 경계하는 표지로 삼고
자 한다. 시를 쓸 때는 단 한 줄의 시행으로 문을 닫아걸
어도 혹은 일만 행의 문맥으로 문을 열어젖혀도 그 몸짓
속에는 시인 자신의 체온으로 낱말 속살을 데우는 준칙
이 살아있어야 할 것이다. 비겁하게도 그런데 나는, 내가
쓴 시의 규격보다도 내 몸집을 더 크게 부풀려놓았거나
(A), 더 작게 쪼그라뜨려 놓았던 것(B)이다.

  내 몸은 떠올랐다
  붕,

  남당항에 가서 새우를 먹더라도
  등이 굽은 새우를 먹더라도
  나는 붕 떠올랐다

  보이진 않았지만

243

내 심장의 본질은 허공일 것이다 (A의 경우)

날 다알리아로 보아다오
다알리아 곁에서
다알리아를 흔들던 자가 사라진 후
다알리아가 사라졌다

즉,
雜音이 가듯
다알리아가 사라졌다 (B의 경우)

즉, 과장도 축소도 온당치 못한 것이었다. 시는, 꼭 자기 자신만한 체구로 서 있어야 한다. 하물며 정신활동에 있어서랴. 자기실현의 운명을 떠맡는 책임에 있어서랴. 고을 원님이 사사로이 아노衙奴를 부리듯이 낱말을 함부로 소비하지 말라는 것. 영혼이 탁해진다. 낱말 분위기의 괴기魁奇에 정신을 팔지 말라는 것. 지렁이가 될 것이다. 아름다운 미문에 빠지지 말라는 것. 색광色狂이 될 것이다. 모든 사물은 딱딱한 물체가 아닌 그 사물 자체에 붙어 있는 정황일 뿐이다. 사물은 시인의 몽상보다도 먼저 제 몸에 붙은 꿈을 흔들어댄다. 사물을 바라보되 비유는 위험하다. 사물을 바라보되 상징은 위험하다. 사물을 쳐다보

244

되 그것을 집합으로 보고 [이를테면, 합집합合集合·교집합交集合·여집합餘集合 —이는 결국 시인의 동공 앞으로 달려오는 삶의 존재 형식, 즉 시인과 침묵 혹은 시인과 사물 상호간의 간격을 바라보는 인지구조로서의 대칭에 관한 문제일 것이다 또 함축[이를테면, 기하학적인 도면 혹은 입체적인 의미]으로 바라볼 것. 어느 날 홀연 저 사람의 손(낱말이 아니다)이 하늘로 들려올라가며, 그 손가락 사이 붕 떠 있는 뭉게구름(낱말이 아니다)을 보았다. 시는, 낱말의 비상이 아닌 시인 자신의 비상에 있는 것. 바꾸어 말하자면, 사물을 바라보되 낱말이 독이라는 것을 깨닫기까지 내 눈앞에는 『지상시편』 전문의 대칭이 그렇게 가로놓여 있었던 것이다 (C).

다른 것은 몰라도

모로코나비가 파란 것은
시바신의 눈망울처럼,

지상의 독을 끌어 모와 한 몸에 삼켰기 때문일 것이다

천상의 파랑 그 파랑이 천상의 독을 삼켰듯이 (C의 경우)

사실대로 이야기하자면, 내가 꿈꾸는 초월은 내 자신이 하늘로 날아오르는 비상이 아니라, 그와는 반대로 그 비상이 지상으로 내려오는 하중이었다. 납작납작. 그러니까 그것은 당신이 내 앞으로 다가오는 초월이었다. 내가 죽어서 하늘로 날아오르는 초월이 아니라, 지상에 있을 때 내가 죽는 초월이었다. 내가 죽은 다음 죽음이 완성되는 초월이 아니라, 죽기 전에 내가 내 죽음을 완성하는 초월이었다. 즉, 당신처럼 내가 죽는 초월이었다. 날마다 내 질문은 그렇게 열렸던 것이다. 다음에는 하늘이 응답할 차례였다. 이때였다. 이때. 내가 그 이때를 응시하지 않았다면, 이 연작시는 한낱 가성假聲의 진흙덩어리에 불과했을지도 모른다. 다시 한 번 말하지만, 시인에게는 낱말이 독이었던 것. 가성이 독이었던 것. 그렇다면 그의 해독제는 어디 있을까. 침묵. 침묵의 침묵 [(침묵)². 침묵의 제곱근이란 어떤 정황을 두고 하는 말인가 [사물을 바라보는 인지 공간의 폭, 즉 공간의 확대인 것. 수학의 용어로는 루트, 곧 $\sqrt{9}=3$, $\sqrt{16}=4$, 이는 제곱근의 근원이다. 달리 말하자면, 이는 또 공간 즉 사물의 기발旣發 (『주역』에서는 이를 가리켜 수화기제水火旣濟라고 불렀다)을 지워버리려는 시인의 욕망인 것. 공간이 움직인다]. 시인일진대 침묵의 깊이를 쳐다보며 말문을 자그맣게 열어보려는 뜻을 내장한 것이었다. 그러니까 그는, 침묵이 시를 쓸 때까지 그때까지 입을 다물고 혹은 입을 자그맣게 벌린 후(다시 한 번 말하지만, 침묵이 시를 쓸 때까지) 꾹 기다려야 하리라. 나는 「시인과 침묵」이라는 글에서 다음과 같이 말한 적이 있다(좀 길지만 인용해 보겠다); "시인은 시를 쓴다. 이때부터는 시의 내용이 중요한 것이 아니다. 시의 내용이 끌어들이는 정신의 기표記標가 어떤 선율로 흔들리고 있는가 그것이 더 큰 문제인 것이다. 선율의 적실한 동반자는 침묵이다. 침묵의 반대편에 서 있는 말은 그래서 침묵을 두려워한다. 시인의 입술을 핥고 있는 침묵은 대개의 경우 무無의 형식을 차용한 더 큰 침묵의 잎사귀에 불과한 것들이다. 좋은 시인은 그 잎사귀를 손으로 걷어낸 다음 이번에는 더 큰 침묵의 면전으로 성큼 다가간다. 이를 가리켜 나는 침묵의 침묵 [(침묵)²]이라고 달리 이름을 붙였던 것. 무의 형식. 사물의 표면도 따지고 보면 무의 형식 앞에서 더욱 확실한 빛을 발산한다. 무의 형식을 조금만 더 깊이 들여다보면, 시의 문맥으로 드러나는 기의記意가 엉뚱하게도 아무것도 아닌 소음이라는 사실을 이 무의 형식이 도맡는다. 그렇다. 무 앞에서는 어떠한 실권도 실실 실없이 분해된다. 그렇다면 무의 형식 앞에 시인이 다시 설 때 그는 기의로부터 얻은 배신을 깨끗이

247

씻어낼 수 있으며, 무의 그 커다란 입속을 들여다봄으로 하여 이번에야말로 그는 새롭게 태어나는 것이다. 그는 어린아이가 된다. 그는 더 이상 낱말의 숲 기의체계가 끌어당기는 마차에 탑승한 자가 아니다. 이때부터 그는, 그의 시의 내용은 본질적으로는 시의 가객佳客인 침묵과의 섭생 앞으로 기꺼이 다가간다. 시는 어디서 오는가. 이제 와서 말이지만, 시는 혼돈으로부터 온다. 혼돈은 안개와도 같기 때문에 놀랍게도 침묵의 모습과 철저하게 겹친다. 문제는 침묵 그것과 혼돈의 외양에 속지 않아야 된다는 점이다. 침묵은 말의 전신을 집어삼키지만, 혼돈은 말의 지체를 씹어 삼킨다. 시인에게는 침묵이 전신거울인 반면, 혼돈은 깨진 거울인 것이다. 깨진 거울로는 눈썹을 보거나 손톱을 보거나 배꼽을 보거나 발톱을 보게 될 뿐. 혼돈은 불연속적인 은폐의 쪼가리일 뿐. 혼돈 속에서는 어떤 경계도 드러나지 않기 때문에 딱 악이 와서 놀기에 적합한 곳이다. 시인의 관절은 때때로 이 악의 봉침을 맞고 회춘한다. 악의 그늘 아래 프톨레마이오스와 케플러가 손잡고 천동설 지동설을 한솥에 넣고 콩을 볶는다. 사람의 언행은 행성과 별의 움직임을 그대로 쏙 빼닮은 것이라고. 혼돈 속에서는 정신의 혼몽이 문제될 것이 없다. 시는 그 혼돈 속에서 고개를 들고 밖으로 나온다. 물론 침묵의 섭정을 받을 필요도 없다. 도리어 올챙이처럼 혼돈의 물웅덩이를 헤엄쳐 나온 기쁨을 가지고 가갸거겨 다른 매듭 없이 시행 한 조각 두 조각 쪼개놓으면 되는 일이다. 거기까지 그로부터 출송된 시에도 역시 시로서의 품위를 자랑할 만한 문법은 존재한다. 그리고 그 문법 속에는 은밀하게도 시인 자신이 성취해낸 순수지향의 조형물이 또한 존재한다. 그러나 그것은 환상일 따름이다. 그렇게 또 그렇게 얼마나 많은 시인들이 사물의 침묵을 돌아보며 그 사물들의 눈짓에게 답변하려고 서둘렀단 말인가. 좋은 시인은 사물의 침묵에게 친절히 답변하려는 자가 아니라, 사물보다도 더 깊은 침묵을 그 사물 곁에 나란히 놓아두고 휙 돌아앉은 자다. 그러면서 그는 말의 붕괴를 기다린다. 어느 정도 말의 독성이 사그라진 뒤 그는 천천히 연필을 잡는다. 인간은 이미 자기 밖에 있다는 하이데거Heidegger(1889-1976)의 말을 그대로 패러디하자면, "시는 이미 시인 밖에 있기 때문이다." 어언於焉 밖에 있던 시가, 혹은 침묵이 내 몸 척추 한가운데로 파고들어 왔다.

시는, 내 시는 그러니까 방광 어디쯤 고개를 수그리고 샘물처럼 고이기 시작했다. (안수환)

안수환의 詩作 : 침묵의 통찰, 無에 관한 현상학
─상징학의 관점에서

변의수

안수환의 詩作: 침묵의 통찰, 無에 관한 현상학
— 상징학의 관점에서

변의수

안수환 시인의 『지상시편』은 8부작 252편으로 구성된 장편 연작 시집이다. 이 시편들은 월간 『시문학』 2012년 9월호에 첫 연재를 시작하여 2014년 4월호까지 20개월간 이어진 작품이다. 시인은 마지막 연재의 말미에서 총 252편을 "신들린 듯이 썼다"고 말한다. 평균해서 매호마다 10편 이상을 소개해 써 나간 셈이다. 그것도 고희 접어들어서이다.

    1975년 『시문학』과 『문학과 지성』의 추천을 통해 시를 발표하기 시작한 시인은 그간에 다수의 시집과 함께 『시와 실재』(1983), 『상황과 구원』(1991), 『우리시 천천히 읽기』(2002)와 같은 시론서를 써냈기도 하다. 여기서 짐작할 수 있듯, 연작 "지상시편"은 그러한 시인의 튼튼한 시론과 시력이 뒷받침된 시편이다.

모래가 나를 낳았으니 날 모래라고 불러다오

내 몸을 치고 빠진 말들이 저만큼 흘러간다

오늘 겨우 내 귓구멍에 들어온 말들,

모래가 나를 낳았으니 날 모래라고 불러다오

머물지 말아다오 흘러가다오

—「Ⅰ-12」

시편「Ⅰ-12」(제1부 열 두 번째 시편)[1]에서도 보듯 안수환 시인의 "지상시편"의 시는 흔히 사물의 묘사나 사건을 극적으로 기술함으로써 즉흥적 감동을 끌어내거나 또는 은유의 구조를 비틂으로써 지적 쾌감을 불러일으키는 시가 아니다. 시인은 사물이나 사건의 배면 또는 근원을 좇아 드러내 보여주고자 한다. 위 시에서와 같이 '모래'는 모래 이전의 사물이요 사물을 잉태하고, 시인을 새로이 탄생케 하는 생명의 기운이다.

안수환 시인은 시편에서 사물의 질료성을 부각시키려는 게 아니라 사물의 생성 이치를 궁구한다. 기氣를 묘사

---

1) 이하 인용되는 시편들에 대해서도 이와 같은 방법으로 표기함.

하려는 게 아니라, 이理를 나타내려 한다. 서정이나 참여 또는 심미 추구가 아닌 형이상적이고 존재론적인 세계를 구현하려 한다. 이러한 시편에서는 사물의 일차적 기표로서의 의미denotation를 간취하려 해서는 안 된다. 기표들의 심층 의미connotation를 살펴야 한다. 그러한 까닭에 일반적으로 이와 같은 정신주의 실험시의 경우 그 제작 의도나 기획이 제시되지 않으면 이해가 어렵다.

다행히 시인은 연재의 말미와 또 다른 글 「시인과 침묵」에서 "지상시편"과 관련한 시론을 제시하고 있다. 작품은 작가의 정신과 삶의 단순한 외피나 일순간의 표피적 현상을 드러낸 단면도가 아니다. 작품은 시인의 전 여정이 함께 하는 호수나 바다의 수면 아래에서부터 비쳐 나온 '결과물로서의 것'이다. 그것은 시인의 정신과 사상은 물론 그간의 작품들을 통해 정리해온 최후의 표상들이다.

> 어떤 여자가 누룩을 밀가루에 집어넣었더니 온통 부풀어 올랐다/ 하늘의 생김새는 이 누룩과 같다// 이 말씀은 마태복음에도 나오고 누가복음에도 나온다/ 누가가 마태를 베껴 쓴 것이거나 마태가 누가를 베껴 쓴 것이거나/ 혹은 이것도 저것도 아니라면// 하늘은 누룩과 같다// 死海 북서쪽 해안 주변 절벽에 숨어 살던 에세네파 쿰란의 필사본 손목이/ 그

소리를 들었을 것이다// 하늘은 누룩과 같다// 혹은 이것도 저것도 아니라면,/ 1세기 베드로의 同役者 마가가 그 소리를 들었을 것이다/ 아니면,/ 로마의 영지주의자 마르치온이/ 마르치온을 반박한 敎父 폴리카르푸스가/ 아니면,/ 2세기 안티옥의 主敎 이냐시오가 그 소리를 들었을 것이다// 하늘은 누룩과 같다// 그 후,/ 이 말씀은 겹치고 겹쳐져/ 내 마음 속 하늘이거나 내가 사는 천안의 하늘이거나/ 단 하나의 하늘로 부풀어 올랐다

—「V-3」

시인이 말하듯 '하늘은 누룩과 같다'는 말은 마태복음 (13:33)에도, 누가복음(13:20-21)에도 나온다. 시인은 누룩과 하늘의 비유가 쿰란, 마가, 마르치온, 폴리카르푸스, 이냐시오 등도 본받아 들었거나 또는 직접 말했을 수도 있음을,[2] 그리고 누가 먼저고 누가 베껴 썼든, 시인의 하

---

2) 우리는 나와 남의 생각이 우연한 일치를 보이는 것을 경험한다. 그리고 동시대 또는 시대를 달리하여 전혀 영향을 주고받지 않은 사람들이 유사한 문제나 혹은 동일한 문제를 연구해 내거나 동일한 결론에 도달하는 것을 종종 볼 수 있다. 라이프니츠와 뉴톤의 미적분 발견, 라부아지에(1743-1794)와 프리스틀리(1733-1804)의 산소 발견, 융과 프로이트의 무의식에 관한 동시적 관심 등과 같은 사례들을 흔히 볼 수 있다. 인간은 동일성의 패턴과 원형을 인지하는 생래적 능력을 갖고 있다. 필자의 경우에도 필자의 "심상기호"와 퍼스의 '관념 기호', 필자의 "비의식기호"와 세리 포디 교수의 '사고 언어'를 비롯하여 필자의 인지나 깨달음과 같은 내용에 대해 다른 이들 역시 동일하거나 유사한 견해를 갖고 있음을 종종 볼 수 있었다. 그와 같은 사실에 바탕한 필자의 원형론에 관해서는 『(융합학문) 상징학』, 상징학연구소, 2015, (이하 "『(융합학문) 상징학』"), pp. 277-97 참조 요망.

늘은 하나임을, 아울러 마음속이든 머리 위이든 '하늘'은 마치 누룩을 넣은 듯 그와 같은 선지자들의 "말씀" 들로 "겹치고 겹쳐져" 생성된 변화 과정의 역사임을 말한다. 하나의 현상은 지금까지의 진화과정이 총체적으로 나타난 결과물로서의 의미체이다. 시인의 텍스트 또한 그 심층부엔 단순히 넘겨버릴 수 없는 전체로서의 시인의 삶의 여정과 사고의 과정이 내재되어 있다.

1. 이론적 전제 : 침묵의 시학과 현상학

"지상시편"의 연재를 끝내는 글에서 시인은 이렇게 쓰고 있다: 단 한 줄의 시행으로 문을 닫아걸어도 혹은 일만 행의 문맥으로 문을 열어젖혀도 그 몸짓 속에는 시인 자신의 체온으로 낱말 속살을 데우는 준칙이 살아 있어야 할 것이다. (중략) 아름다운 미문에 빠지지 말라는 것. 색광色狂이 될 것이다. (중략) 사물을 바라보되 비유는 위험하다. 사물을 바라보되 상징은 위험하다. 사물을 쳐다보되 그것을 집합으로 보고 (중략) 또 함축[이를테면, 기하학적인 도면 혹은 입체적인 의미]으로 바라볼 것.

『예술가』 2014년 봄호에 발표한 「시인과 침묵」에서 시인의 이러한 정신은 보다 명료히 정리되어 진술되고 있다. 그 중심어는 침묵, 무無, 아픔이다. 사물 앞에서 말은 혼돈의 나락으로 떨어질 수 있으며, 침묵으로써 무와도 같은 사물의 근원을 볼 수 있다는 것이 '시인과 침묵'의 요체이다. "지상시편"의 이해에 필요한 내용을 주제적으로 제시하면 이러하다(단락은 필자가 편의상 임의로 재설정했다). :

  침묵이 시를 쓰기 시작했다. (중략) 침묵의 소리. 침묵의 침묵의 소리 [(침묵)²]. 누구보다도 시인은 지금 이 침묵의 소리를 듣는 사람이다. (중략) 침묵이 시를 쓴다. 시인의 품속에 있는 언어가 시를 쓰는 것이 아니라, 시인의 품속에 있는 침묵이 시를 쓰는 것이다. 가볍게 이야기하자면, 시인은 침묵의 자취를 따라가며 시를 쓴다. 침묵의 존재형식은 대개의 경우 시의 행간 혹은 연간에 들어 있거나, 통변적通變的으로는 시의 문맥이 끝난 후음後音의 산울림 속에 들어 있다. (중략) 침묵을 담지 않은 말 그곳에는 말의 탕진이 있을 뿐이다.
  인력의 힘은 두 물체간 거리의 제곱에 반비례한다. 이 사과의 선율이 곧 뉴턴의 시였던 것. (중략) 시인의 말은 (중략) 침묵에 의해서, 침묵의 침묵 [(침묵)²]에 의해 결정된다는 점 다시 재론할 필요도 없겠다. (중략) 침묵은 정신을 실어 나르는 마차다.
  (중략) 침묵은 대개의 경우 무無의 형식을 차용한 더 큰 침묵의 잎사귀에 불과한 것들이다. 무의 형식. 사물의 표면도 따지고 보면 무의 형식 앞에서 더욱 확실한 빛을 발산한다.(중략) 시인에게는 침묵이 전신거울인 반면, 혼돈은 깨진 거울인 것이다. (중략) 좋은 시인은 사물의 침묵에게 친절히 답변하려는 자가 아니라, 사물보다도 더 깊은 침묵을 그 사물 곁에

나란히 놓아두고 휙 돌아앉은 자다. (중략)

무는 동양의 일상적인 정신 속에 깃든 무, 즉 유有를 포함한 무 [(무⊃유)]를 가리킨다. 이 무와 유는 다른 것이 아니라, 말하자면 음과 양의 결속을 나타내 보이는 태극의 원본이었던 것. (중략) 이 무의 오른편에 침묵이 앉아 있다 (중략) 마침내는 시인의 침묵이 달려와 그 무의 손목을 덥석 붙들어준다는 것. 이 순간, 시의 참다운 생명이 태어나는 것이다. (중략) 황홀한 침묵. 무는 소멸되지 않는다.

나는 아픔의 효능을 믿는다. 아픔 한 묶음을 손에 쥐고 있는 이상, 아픔 한 묶음을 도로 떼어내 저쪽 물체와의 간격 그 틈바구니로 훅 던져버려야 한다는 것. 이때부터 시인은 벌레를 보게 되면 벌레가 되고, 별을 보게 되면 별이 되는 순간을 맞는다. 말하자면 물체의 침묵 속에서, 물체의 침묵으로 인한 몽상 속에서 시인의 문맥은 벌레가 되고 또 별이 되는 것이었다. 물체를 다시 한 번 더 쳐다보는 관점. 물체 한 개는 다만 물체 한 개 안에 갇히지 않고, 물체 둘 물체 셋 물체 만 개로 확대된다. (하략)

형이상적 정신주의를 추구하는 시인임을 뒷받침하듯 그의 시편들에선 주역의 괘사 설명과 함께 산해경 신화, 노장 사상은 물론, 희랍의 고대 철학과 유명론, 관념론을 거쳐 니체·하이데거, 나아가 불교를 비롯한 동양사상과 신학의 문제까지 동서고금의 많은 지적 문제들이 등장한다. 뿐만 아니라 시인의 시론 또한 밀도 높고 간결한 잠언이나 경구 형식을 사용했다. 따라서 '침묵', '무'와 같은 핵심어를 중심으로 본의를 풀어내어 설명할 필요가 있다.

필자의 상징학[3] 이론은 그에 관한 하나의 유용한 방법론
이 될 수 있을 것이다:

① 시인은 "침묵이 시를 쓴다"고 말한다. 여기서 '침묵'
은 곧 사물에 관해 통찰하는 일이다. 또한, 시인은 "침묵
은 정신을 실어 나르는 마차"라고 한다. 이 말은 곧, "침
묵"은 '통찰하는 기관'이란 뜻이다.

② 과학철학자 바슐라르(1884-1962)는 유비적 사고
에 '몽상'이라는 이름을 부여하여 사용한바 있다. 안수환
시인 또한 "몽상"이라는 용어를 사용하여, "침묵이란 몽
상 속에서 시인의 문맥은 벌레가 되고 또 별이 되는 것"
이라고 한다. 같은 시기에 하이데거(1889-1976)는 (과학
주의적) 추론 사고인 "사색"에 대응하여 (인본주의적) 사
고인 "시작"이라는 용어를 사용했다. 바슐라르의 "몽상"
이나 하이데거의 "시작"은 모두 유비적 동일화가 그 원리
로서 다름 아닌 '통찰' 사고이다.

---

3) 상징의 본성과 상징의 형식 · 상징물 · 실체의 영역을 구별하고, 상징의 실
체인 지각 · 추론 · 통찰 · 영감적 사고의 원리와 시스템을 수사학 · 기호학 ·
심리학 · 뇌과학 · 철학(인식론)적 측면에서 기술하여 시 · 예술 창작과 과학
적 사고의 원리를 규명하는 등 창조작용 전반을 국내외 최초로 하나의 이론
체계의 신생학문으로 정립한 것임 [『(융합학문) 상징학』(Ⅰ · Ⅱ), 상징학연구
소, 2015. 11. 30]. 필자의 '상징학'은 한국도서관협회에서 관장하는 도서분류
를 위한 학문분류표인 KDC(한국십진분류표) 제7차 개성 시 모든 학문의 기
초학문이자 메타학문으로서 총류에 신설 · 명기하기로 결정되었음. 이는 외
국의 도서 및 학문분류표인 DDC(존 듀이 분류법)나 LCC(미국의회도서관분
류법) 등에서 미처 논구되지 않은 효시적 결정으로서 향후 DDC와 LCC 등도
한국십진분류표를 따를 것으로 전망함.

③ 시인은 "침묵의 자취를 따라가며 시를 쓴다"고 한다. 시인은 창작을 위해 대상의 본질을 비춰 보여주는 사물의 다양한 양태나 현상들을 추적하여 숙고한다. "침묵의 자취"란 통찰 과정에서 파악되는 대상의 본질적 여러 양태들이다.

④ "침묵을 담지 않은 말"이란, '대상의 실체를 건드리지 않은 말'을 뜻한다. 사물이나 사태의 본질과는 무관한 사물의 표피만을 탐닉한 비유들을 말한다. 이런 까닭에 시인은 "무의 형식을 조금만 더 깊이 들여다보면, 시의 문맥으로 드러나는 기의記意가 엉뚱하게도 아무것도 아닌 소음"이라고 한다.

⑤ 시인은 '만유인력'에 관한 "사과의 선율이 곧 뉴턴의 시"라고 한다. 만유인력의 이론이 어떻게 "사과의 선율"이며 한 편의 "시"인가? 그러나 사실은, 과학적 창조와 시적 창조는 동일한 원리의 사고가 수행된다. 과학·학술적 가설의 창출이나 시·예술적 은유의 창출은 모두 통찰로써 수행된다. 그리고 이해나 설명은 추론을 사용한다.

시와 과학적 통찰의 원리는 이질적 현상 가운데 동질성을 찾아내는 유비이다. 유비는 매개(B)를 사용해서 A=C임을 찾는 동일화 정신작용이다. 즉 [A=B, B=C ∴

A=C]라는 사고이다. 그런데 B를 사용해서 A가 C임을 찾는 유비적 사고의 과정은 의식되지 않는 가운데 이루어진다. 그러한 우리의 사고를 '통찰'이라 한다. 추론은 비의식으로 수행된 통찰의 결과인 A=C에 대한 이유를 "A=B, B=C ∴"와 같이 분석적으로 설명하는 ('인지'라는 의식이 개입된) 사고이다.

"A=B, B=C ∴ A=C"는 논리학의 삼단논법의 원형이기도 하다. 그리고 동시에, 은유의 원리이기도 하다. '소녀(A)는 장미(C)이다'라는 은유는 '향기'라는 매개(B)로써 성립한다. 소녀도 향기롭고 장미도 향기로우므로 소녀는 장미인 것이다. 시와 과학의 다른 점은, [A=C를 텍스트로 표현할 때], 과학이 "A=B, B=C ∴"라는 진술을 빠뜨리지 않고 기술해야 하는 반면, 시는 효과적으로 감추어야 한다. 그리고, 감상이나 비평에서 그러한 과정은 상세히 드러난다.

만유인력(A=C)은 '떨어지는' 우리의 인식현상(A)과 '당기는' 자연현상(C)의 (즉, 다른 두 현상의) 동질성을 보여주는 감추어진 질서(B)를 발견하는 유비적 사고 능력의 통찰로 착상된다. 과학자들은 시인 이상으로 유비적 사고를 수행하는데, 사실 과학자들의 직무는 시인과 마찬가지로 다른 두 현상을 하나로 동일화하여 생각하는 일이다.

수학이나 과학은 하나의 가설(A=C)적 착상을 우리의 감각이 관찰한 대상들을 사용하여 체계적으로 빠뜨리지 않고 삼단논법의 형식으로 기술함으로써 그들이 본 환영들을 우리가 실재인 것처럼 생각하게 한다. 그런 수학이나 과학의 언어는 모두가 '기호'라는 비유물들이다. 우리가 물리학의 이론이나 해석물인 방정식들을 제대로 바라본다면 그것들은 현란하고도 아름다운 비유의 나선들이거나 축조물들이다.

과학이 분석적 서술로써 환영(無)의 세계를 실제인 것처럼 나타내는 것과 달리, 시·예술은 은유의 수사학으로써 우리의 현실들이 꿈이요 환영이라는 사실을 일깨운다. 그러한 시인의 비유 또한 숨겨진 세계를 드러내는 곡선이요 수식이다. 그러하듯 안수환 시인은 만유인력이 과학자가 현상학적 침묵(통찰)의 결과로 얻은 유비적 사고에 의한 '시'라는 사실을 언급하고 있다.

⑥ 그는 또한 시인은 "사물의 침묵에게 친절히 답변하려는 자가 아니라, 사물보다도 더 깊은 침묵을 그 사물 곁에 나란히 놓아두고 휙 돌아앉은 자"라고 한다. 언급했듯이 과학자나 시인이나 창조는 통찰 사고에 의한다. 하지만 그러함에도 과학과 시는 서로 다른 방법론을 택하는

데, 과학의 텍스트인 논문과 시의 텍스트인 시편은 그 작성 방법이 다르다. 과학은 통찰의 내용과 과정을 인과성에 따라 더 이상 의문이 남지 않도록 빠뜨리지 않고 기술한다. 반면에 시는 은유의 통찰 내용과 과정을 인과성에 따라 표현하나, 한편으로 적절히 생략하여 의문을 남게 한다. 그것이 시와 예술 작품을 만드는 기본 규칙이다.

안수환 시인은 이러한 사실을 언급하고 있다. 시인은 침묵을 통해 얻은 내용을 과학자처럼 인과성에 좇아 "친절히 답변하는 자가 아니"다. 통찰된 내면의 세계를 은유라는 '침묵의 수사학'으로써 "사물 곁에 놓아"둔 채 "돌아앉아" 있는 자이다.

⑦ "무는 소멸되지 않는다"고 말하는 안수환 시인은 침묵과 함께 존재하는 무에 관해 언급한다: "무는 동양의 일상적인 정신 속에 깃든 무, 즉 유有를 포함한 무 [(무⊃유)]를 가리킨다. 이 무와 유는 다른 것이 아니라, 말하자면 음과 양의 결속을 나타내 보이는 태극의 원본이었던 것. (중략) 이 무의 오른편에 침묵이 앉아 있다"

무는 곧 유의 다른 말이다. 무는 보이지 않는 실체로서의 유이다. 일시적 환영이 아닌 진실로 존재하는 실체로서의 세계이다. 우리는 사물(有)을 바라보고 있는 듯하지만 사실은 환영들(無)을 보고 있다. 우리는 망막과 뇌신경에 의한 사과의 상을 실제의 사과와 동일한 것으로 여긴다. 그러나 우리는 사과를 포착한 것이 아니라 사과의 상을 얻은 것이다. 상은 우리들 지각의 결과로 상상력에 의해 우리의 의식에서 기호화된 상징물이다.

외부 세계에 대한 우리의 지각은 그러한 상징의 작용이다. 나뭇잎이나 풀잎의 초록색은 눈에 들어온 반사 광선이 대뇌피질에서 그렇게 이해하였을 뿐으로 풀잎 자체는 초록색이 아니다. 소리 역시 마찬가지이다. 천둥이나 종소리, 바이올린의 음률 등은 공기의 진동이 우리의 귀를 통해 대뇌피질을 자극함으로써 구성해낸 반응물들이다.

이뿐 아니다. 우리가 말하는 물질은 진동하는 공간 즉, 우리가 인식하는 물질이라는 껍질 속으로 무한히 압축된다. 우리가 눈에 보이는 사물이나 우주를 딱딱한 물질의 형태로 인식하거나 이해하는 것은 착각이다. 우리는 세계 그 자체를 아는 것이 아니라 신경들에 의해 일정한 방식으로 '왜곡되어 표상된' 세계를 안다. 과학은 매우 아이러니하게도 그러한 환영의 구성물들을 지식의 원천으로 받아들여 사용한다.

우리가 바라보는 모든 사물은 색즉시공, 즉 무無이다. 이 무는 우리가 감지하는 어떠한 상으로도 온전히 환원되지 않는다. 그러한 무는 무한 가능성의 현상들을 안고 있다. 이러한 사실을 알고 있는 시인은 '침묵'만이 무를 볼 수 있다고 말한다. 그리고, "무의 오른 편에 침묵이 앉아 있다"고 말한다.

⑧ 시인은 "물체를 다시 한 번 더 쳐다보는 관점. 물체 한 개는 다만 물체 한 개 안에 갇히지 않고, 물체 둘 물체 셋 물체 만 개로 확대된다."고 한다. 그리고 '무'를 사고하는 '침묵'의 시론을 제시한다. 사물의 본질적 실체를 제대로 보기 위해서는 지금 바라보는 사물의 형상만이 아니라 사물의 현재 형상에 가려진 또 다른 모습들을 추상함으로써 그러한 현상적 형상들의 배면에 자리한 본질적 실체나 실상을 볼 수 있게 된다.

이러한 시인의 '침묵의 시학'은 후설이 말한 현상학의 방법론과 맥을 같이 한다. 일찍이 후설은 사물의 본질적 실체를 파악하기 위한 사고로써 '직관' (필자의 상징학 이론의 '통찰') 을 주창했다.[4] 후설은 현상학에서, 대상

---

4) 서구 인식론의 역사에서 가장 중요한 일의 하나는 베르그송(1859-1941)과 더불어 후설(1859-1938)이 "직관" 이라는 개념을(필자의 상징학 이론에서의 '통찰' 개념으로) 다시 사용한 일일 것이다. 수학만이 진리적 인식을 확장할 수 있다고 선언한 칸트(1724-1804)는 인간의 인식기능에 '판단력' , '오성' , '이성' 등을 사용했다. 칸트는 '직관'을 사용했지만 그에게 직관은 사고능력이 아니라 인상을 받아들이는 감지능력이다. 또 다른 한편으로도 직관이라는 용어를 사용했지만 칸트에게 우리가 말하는 '유비적 사고능력'으로서의 '직관'은 철학이 아닌 신학적 영역의 용어였다. 그러나 후설은 명석판명한 의식이 관여하는 추론 사고를 수단으로 하는 철학에 '직관'이라는 개념의 사고를 도입했다. 물론, 이것은 본질을 궁구하는 이념적 학문으로서의 '현상학'을 주창함으로써 가능했다.

의 본질을 구하기 위해 몇 가지 방법을 정하고 있다. 수학자였으며 논리학자인 후설이 새로운 학문을 정초하는 과정에서 낯선 용어들을 붙였을 뿐이지, 사고의 단계적 과정은 단순하다. 그 요체는 이러하다.

1) 대상에 관한 기존의 지식들을 일단 괄호 속에 넣어둔다. 이를 판단 중지라 한다(후설은 판단중지를 선험적 태도라 하고 그렇지 않은 사고 행위를 자연적 태도라 한다). 2) 그리고 현재 드러나지 않은 대상의 모든 변화 가능한 경우를 가정한다(후설은 '가정' 대신 '상상'이란 용어를 사용하며, 이러한 과정을 '자유변경'이라 한다). 3) 자유변경에 의해 모든 현상들이 공통적으로 지닌 본질적 원리나 성질을 포착한다 (이러한 결과로 구해진 본질에 대한 인식을 후설은 논거가 완전하고 충분하다는 의미에서 충전적 명증이라 한다).

그런데 본질 파악의 과정에서 사용되는 기존의 보유 정보들이 우리의 본능적 원망의 심적 현상으로 왜곡되었을 수도 있다. 따라서 파악된 본질이 어떤 심적 동요에 의해 형성된 자의적 산물이 아니라 인과적 원리의 통찰에 의해 형성된 것인지 등에 관해 반성해보아야 한다. 과연 우리가 대상의 본질적 의미체(노에마)를 추적하는 사고 작용(노에시스)에 충실하였는지, 본능적 원망이나 여타

심리적 동요에 의한 것은 아닌지 반성해보아야 한다 (후설은 그러한 과정을 선험적 환원이라 하고, 그러한 과정을 거침으로써 필연적으로 도출될 수밖에 없는 인식을 필증적 명증이라 한다).

안수환 시인이 언급했듯 "물체의 침묵 속에서, 물체의 침묵으로 인한 몽상 속에서 (중략) 물체를 다시 한 번 더 쳐다보는 관점. 물체 한 개는 다만 물체 한 개 안에 갇히지 않고, 물체 둘 물체 셋 물체 만 개로 확대된다." 시인은 하나의 관점에 사로잡히길 거부한다. 침묵 속에서 시인은 대상의 변모와 변화 가능성을 한두 가지가 아니라 만 개, 아니 '무'라고 할 수밖에 없는 지경의 양상들을 고려한다.

"사물의 표면도" "무의 형식 앞에서 더욱 확실한 빛을 발산한다"고 말하는 시인은 침묵의 통찰[5]로써 사물이나 현상을 분석하고 해체하여 그 본성을 포착한다. 그러한 시인은 "사물"을 "집합"으로 그리고 "함축"으로 보라고 권한다. 그럼으로써 "물체 한 개는 다만 물체 한 개 안에 갇히지 않고, 물체 둘 물체 셋 물체 만 개로 확대된다." 그리고 물체는 그 현상의 표피를 걷고 본질적 양태를 드러

---

5) 후설은 직관이란 말을 현상학의 방법론을 대표하는 용어로 사용했다. 철학의 '사고'에 관한 용어 사용의 혼란과 ('상징학' 관점에서의) 정리는 『(융합학문) 상징학』, pp. 935-46 참조 요망.

낸다. 이러한 시인의 '침묵'은 사물에 대한 명명의 '판단 중지'이고, 나아가 사물의 본질을 바라보는 '형상적 환원'의 노에시스 즉 통찰작용이다.

2. 안수환 시인의 하나로서의 세계 인식

침묵의 현상학적 거울로 안수환 시인이 비추어보는 대상은 다름 아닌 '삶'이다. 삶에 대한 현상학적 조명 행위는 곧 삶에 관한 성찰이다. 그러한 현상학적 통찰의 목적은 삶과 존재의 궁극적 목적을 찾는 일이다. 어떤 사물이든 대상이든 시인의 눈이 머무는 곳은 그들 배면의 근원이다. 그리하여 종내는 사물을 바라보는 안수환 시인 자신과 그 삶의 근원적 문제로 돌아간다, 그런 시인에게 모든 사물은 하나로 환원된다. 삶과 우주의 본상을 보려는 시인의 노력과 시각은 전적으로 그곳으로 집중되고 수렴된다. 우선 "지상시편" Ⅰ, Ⅱ부만 보더라도 그러한 사실은 여실하다.

시인은 "자벌레"이다. "허리를" 추스르는 "콩나물"이다(Ⅱ-18). 시인의 "슬픔"은 "갠지스 강"의 "실개천 형겊"이다(Ⅰ-21). 시인에겐 "무당벌레"도 "호박덩굴"도 "하나님"이다(Ⅰ-31). 시인은 "개오동나무가 지존"이다. "풍금

거미가 지존"이다. "검은 바위에 붙어살고 있는 蔓脚目 거북다리"가 지존이다. 하나님이다(II-16). 시인에게 "예수는" "하복부에 집을 지은 사람"(I-18). 시인은 "빠그라진 됫박을" 들고 오기를 기다리는 "乾魚物塵 점원"(I-16). 시인은 "나뭇가지 위에서 쉬고 있"는 "흰 눈"이다(II-21). 시인에게 먼저 간 아내는 "처마 밑 다알리아꽃"이다.

시인의 마음은 "성환역 貯炭場"이다(I-6). 시인은 "니체철학도 김혜선 캐스터의 일기예보"이다(III-19). 시인에게 "바람"은 "동고비 깃털"이다. "내 사랑을 덮은 步幅"이다(II-29). 시인에게 "나뭇잎"은 외로운 "一角獸 코뿔소"다. 시인은 "나를 열고 들어왔으면" 하고 바라보는 "당신의 문고리"이다(I-3). 시인에겐 "물방울"도 "달팽이"도 아내의 동그란 "마음"이다. 떨어지는 "落花"이다(I-32). 시인과 아내는 하나이다. 꽃과 시인은 하나이다. 시인은 벌레이고, 대성당 돔건축가 브루넬레스키이기도 하다(VIII-28).

그러한 시인의 사색과 일상은 무엇보다도 영혼을 비우는 일이다. 아픔을 통해 사랑하는 일이다. 절제, 겸허함, 자제력을 실천하는 일이다. 그런 시인은 종국에 모든 삶의 '길'이 하나의 이름일 뿐임을 깨닫는다: "길은 숨어 있으니 이름이 없다(도은무명 道隱無名 『노자老子』 41장). /

60년 전,/ 아홉 살 지게 위에 여우박골 참나무 둥치를 지
고 내려올 때/ 그 길은 갈잎 속에 숨어 있었다// 길은 또
一方이었다가 萬方이었다가// 70이 되어/ 희미해진 길바
닥 가볍게 가볍게 밟고 걸어보려고 해도/ 발목이 아프고
구두는 무겁다/ 내가 한술 더 떠서 말하노니// 길은 있으
나마나한 것(VI-29)"

3. 안수환 시인의 무無와 침묵의 공간

만물이 음양에서 무극으로 그리고 다시 음양으로 흘러나
오는 순환의 만상과 이치를 바라보는 시인의 시 세계에
서 시작과 끝은 무의미하다. 모든 곳이 시작이고 종국으
로 흘러가는 허리이며 끝으로 이어지고 또 다시 시작된
다. 그러한 시인에게 천변만화하는 사물들은 모두 동일
한 하나이다. 보았듯이, '바람'은 시인의 "步幅"이요(II-
29) '나뭇잎'은 "一角獸 코뿔소"이며(I-3) "물방울"은 떨
어지는 "落花"이다(I-32). 모든 것이 하나의 근원에서 순
환하고 변화하는 시인의 세계에서, 모든 시편이 언급의
시작일 수 있고 종결의 시문이 될 수 있다. 출발과 결말의
경계나 구별이 있을 수 없으나 편의상 임의로 "지상시편"
종결부의 「VIII-28」 시편에서부터 시작하여 시인의 무와

침묵의 세계를 얘기하려 한다.

1436년,

공간의 깊이를 발견한 부르넬레스키는
일단 공간을 향해 기도한 다음
피렌체의 산타마리아 델 피오레 대성당 돔을 높이 쌓아올렸
던 것

오늘
부르넬레스키는
산타마리아 델 피오레 대성당 그늘에 앉아
멀고먼 공간 대성당 돔을 치켜보고 있는 중

그동안,

죽은 다음
산타마리아 델 피오레 대성당 돔이 없는 나로서는 어디를
치켜볼까
어디를 치켜볼까

간신이 내 마음속 빈 공간 그것 하나면 될까

— 「VIII-28」

세 부분으로 나누어 볼 수 있는 이 작품의 외관상 구조는 비교적 단순하다. 전반부는 '공간의 깊이'를 발견하고 미술에 공간의 원근법을 제시했다고 하는 이탈리아 건축가 부르넬레스키(1377-1446)에 관한 언급이다. 중반부는 "오늘/ 부르넬레스키는/ 산타마리아 델 피오레 대성당 그늘에 앉아/ 멀고먼 공간 대성당 돔을 치켜보고 있는 중"이다. 후반부는 "그동안," 이하이다.

3단계 과정의 비교적 단순한 구조와는 달리, '의미'의 문제에 들어서면 문제가 간단치 않다. 보다시피 시인은 전반부에서 공간을 신의 장소로 경배하는 부르넬레스키를 묘사했다. 그런데 중반부에서 돌연 시인 자신이 부르넬레스키가 되어서 델 피오레 대성당의 돔을 치켜보고 있다. 이어서 후반부는 시인의 사후 세계가 제시된다. 그리고 "공간"이라는 개념을 통해 신이 거주하는 건축물의 돔 공간과 인간인 시인 자신의 영적 공간을 연결하고 있다.

여행 중에 산타마리아 델 피오레 대성당을 구경하던 시인은 순간, 시공을 초월하여 중세의 위대한 건축가를 영접하고 자신이 건축가로 변신하는가 하면, 사후 세계의 영적 공간을 구상한다. 자칫 단순한 여행 시편이 될 수도 있었을 것이나, '공간'이라는 개념을 통해 시인은 역사적 시간을 초월하며, 부르넬레스키와 시인의 개체를 초월하고, 신성과 인간의 정신계를 연결한다.

그런 시편에서 과거, 현재, 사후 세계와 브루넬레스키, 시인, 신을 하나로 엮는 교점은 '공간'이다. 그런데 이들 시공간을 분리하고 브루넬레스키와 시인을 합체하는 등의 기능은 "오늘"과 "그동안"이라는 두 개의 부사어이다. '오늘'은 역사적 시공간을 뛰어넘어 브루넬레스키와 시인을 함께 하게 하고, '그동안'은 그런 시인을 다시 사후의 시간으로 이동시킨다. 그런 중요성으로 인해 "그동안"은 단 하나의 낱말이지만 하나의 독립된 연으로 처리된다.

미술에서 공간에 관한 인식론은 부루넬레스키의 공간 탐구를 통해 "원근법"으로 나타났다. 그러한 물리적 공간을 벗어나 안수환 시인은 정신의 공간계를 설정한다. 시인의 현상학적 침묵은 시공을 초월하여 물리적 공간의 반대편 세계인 영적 세계의 공간을 구성한다. 영원한 신 앞에서 부르넬레스키가 대성당의 천정 돔을 설계하듯, 안수환 시인은 '마음속의 빈 공간'인 영적 무덤을 설계하고 그 축성을 기원한다. 그것은 살아 있는 동안의 최소한 육욕, 금욕과 절제를 통한 영적 완성의 길이다. 그에 관한 기록은 "지상시편"의 도처에서 찾아볼 수 있다. 우선 제

Ⅰ, Ⅱ부에서만 보아도 이러하다.

　　주역 계사상전 4장에는/ 安土라는 글귀가 나온다/ 흙을 편
안하게 해준다는 뜻이겠으나/ 내 70생으로는 역부족인 말
씀/ 얼마나 더./ 나를 깎아내야 할능가/ 나를 후벼내야 할능
가

―「Ⅰ-27」

　　몸에 대하여 말하겠다/ 齒牙는 가깝고 肛門은 멀다/ 정신에
대하여 말하겠다/ 例外는 없어도 原則은 있다// (하략)

―「Ⅰ-19」 부분

　　그/ 사랑한다는 말 따위를 내동댕이친 후/ 깨끗한 마음이 되
면,

―「Ⅰ-4」 부분

　　웅달 깊숙이 숨어들어 나오지 말게/ 그것이 자네가 지켜 줄
자제력인바

―「Ⅱ-7」 부분

　　저녁인데/ 살구꽃은 발끈 성이 나 고함을 질렀다// 내 발목
복숭아뼈 近洞/ 꺼뭇꺼뭇한 배추밭이 일어나/ 꽃보고 揖을
한다// 상황이 이러하매/ 아홉 겹 九天 자갈밭에 묻어 둔/ 내

이름을 불러내/ 揖하도록 명했다// 꽃 보면/ 揖,

— 「II-4」

기원전 79년/ 폼페이가 망해버린 것은/ 장식 때문이다// 귀에는 曲玉을 매달고/ 손가락엔 백금을 끼우고/ 목덜미엔 진주를 감았다// 曲玉이 아니면 말을 붙이지 못했다// 曲玉에 전념하는 한/ 베수비오 산은 또 폭발할 것이다// 오늘 아침 솥귀가 떨어졌다// 나는,/ 밥을 지어놓고도 밥을 먹지못했다

— 「II-20」

「시인과 침묵」에서 시인은 이렇게 말하고 있다: "『周易』의 마흔한 번째 괘는 산택손괘山澤損卦의 모양을 말하고 있다. 손損이란, 그러니까 이 괘의 손損이란 어떤 힘의 태과太過한 쪽 그 부분을 덜어내라는 뜻이다. 형상에 있어서도 그 형상의 힘이 지나치게 넘치면, 그것들의 '분명한' 모양새를 지우고 또 지워보라는 것이었다. (중략) 형상마저도 損의 빈객이었다. 덜어내자." 시인에게 '損'은 영혼의 절제와 금욕의 정언명령이다. 그런 시인은 '공간'의 또 다른 형태인 '허공'에 대해서 적지 않은 관심을 보인다.

藤나무 아래에 누워/ 꾸불꾸불한 藤 등줄기를 보았다// 抛

物線이 땅으로 내려왔다// 때는 이때다 하고/ 刹那가 꾸부러진 방식// 藤은 허공을 감싸 안았다

—「III-20」부분

보이진 않았지만/ 내 심장의 본질은 허공일 것이다// 마키 유코에게 이쪽 남당항 허공 몇 개를 빼주어야겠다

—「VII-22」부분

관습을 벗어나면 그때부턴 예감을 붙들고 살아야 할 것이다
내가 과학철학자 뿌앵까레로부터 배운 것은 이 예감이었다
대문 앞에 서서 난 당신을 기다렸다// 내일/ 당신은 하이힐을 신고 달려올 것이다// 혹/ 내 옷소매 여전히 허공에서 나부꼈지만

—「VII-26」

말레이시아 페낭 극락사 안에는/ 거북이를 길러내는 구덩이가 있다// 고백하자면 내 胸廓 문전에도 구덩이가 있다// 거북이 대신 공룡을 길러내는 구멍// 구름 공룡,

—「VII-27」부분

'무'에 관심을 갖고 있는 안수환 시인이 '공간'에 대해서 역시 관심을 갖는 건 자연스런 일이다. 부연하면, 공간은 시간과 함께 서구 인식론의 토대로서의 근간이다. 경험

론과 관념론에 대한 종합판단으로 칸트는 경험적 직관에 (규정적) 판단력이 작용하여 인식이 가능하다고 했다. 공간은 (심리적) 시간과 함께 경험직관을 가능케 한다. 칸트를 극복코자 한 쇼펜하우어와 카시러 또한 칸트의 공간과 시간론을 수용했다. 하지만 시간과 공간은 바위나 공기와 같은 객관물로서 존재하지 않는다.

아리스토텔레스의 경우 "시간은 운동의 전과 후를 측정하는 수"이며, "전과 후는 운동의 속성"이다(『자연학』). 시간은 독립성이 없으며 스스로의 실체 또한 있지 않다. 따라서 시간 개념의 사용은 종국적으로는 모순과 부조리에 봉착한다. '시간'의 절대성이 부인되는 일반상대성이론은 그 한 예증이다.[6] 공간 역시 천체이론과 양자물리학에서는 무한히 축소되거나 무無의 허공임을 보여준다.

흥미롭게도 아우구스티누스는 "정신은 기대하고, 직시하고, 기억"하며, "시간은 정신의 연장"이라 하였다(『신의 나라』). 나아가, 베르그송은 시간을 ('기억'과 관련하여) '순수 의식으로서의 지속'으로 생각했다(『의식에 직접 주어진 것들에 관한 시론』). 칸트와 달리 베르그송은 또한 "사물들이 공간 안에 있는 것이 아니라, 공간이 사

---

6) "시간론"에 관해선 필자의 『비의식의 상징: 상징과 기호학/ 침입과 항쟁』, 한국학술정보, 2008, pp. 222-53 참조 요망.

물들 안에 있다"고 했다 (『사유와 운동』).

그런데 안수환 시인은 "지상시편" 연재의 말미에서 이렇게 말한다: "침묵의 제곱근이란 어떤 정황을 두고 하는 말인가 [사물을 바라보는 인지 공간의 폭, 즉 공간의 확대인 것. 수학의 용어로는 루트, 곧 $\sqrt{9}=3$, $\sqrt{16}=4$, 이는 제곱근의 근원이다. 달리 말하자면, 이는 또 공간 즉 사물의 기발旣發 (『주역』에서는 이를 가리켜 수화기제水火旣濟라고 불렀다)을 지워버리려는 시인의 욕망인 것. 공간이 움직인다]."

안수환 시인에게 하나의 사물과 공간은 헤아릴 수 없는 무無의 "집합"이다. 아울러 무한 다면체로서의 "함축"이자 근원적 본질체이다. 그런 시인에게 공간은 무의 허공이며, 동시에 무한히 확대되기도 무한히 축소되기도 한다. 그러한 시인의 '침묵의 시학'에서 '물리적 공간'은 '인지 공간'으로 변환된다.

시인은 물리학적 공간을 인식론적 사유를 통해 존재론적 공간으로 변환해낸다. 앞서 본 '금욕'과 '절제'에 관한 공간 시편들, 그리고 '허공' 관련 시편들은 그러한 사유의 작업물들이다. 그런데, 다음의 시편 「Ⅷ-27」은 무를 향한 시인의 관심이 '공간'에 투사된 또 다른 위치에 놓인 시이다.

며칠 전
난 도고에 가서 말을 탔다

말안장 위에 올라앉아 마냥 몸을 흔들었다
멀고먼 穹蒼처럼
말안장은 안으로 구부러진 채 천년만년 끝없이 뻗어나갈 모
양새였다

1615년 혹은 그 몇 해 전
갈릴레오 갈릴레이는 밤하늘 목성을 바라보고
목성 주변에 돌고 있는 달을 보고
하늘의 境界에 대한 의문에 사로잡혔다

즉,

플로렌스 외곽에 살고 있던 그는
하늘의 표면을 보고
땅에도 하늘에도 境界가 있다는 사실에 몸을 떨었던 것이다

그러나

하늘의 境界를 찾을 것도 없이
말안장 위에서 몸을 흔들던 나는

말안장을 보고 내가 내 자신의 境界라는 것을 깨달았다
말안장처럼,

나 또한 안으로 구부러진 채 매일매일 팽창하고 있었던 것
—「Ⅷ-27」

마지막 행의 "안으로 구부러진 채 매일매일 팽창"하는
"나"라는 공간은 '비움'으로써 생성된 게 아니라, 그와는
반대로 무언가 채움으로써 부풀어 오른, 일방적 자아의
진행과 팽창에 대한 반성적 성찰의 시문임을 짐작하게
한다. '갈릴레이가 천체의 경계를 생각하고 당혹감과 경
외감에 몸을 떨었듯이' 시인은 "내가 내 자신의 境界라는
것을" 깨닫고 놀란다. 이러한 인식은 여러 시편에서 무를
향한 다양한 형상으로 나타난다. 다름 아닌, 엄격한 자기
검열과 비판 (「Ⅷ-8」, 「Ⅷ-2」, 「Ⅶ-5」 등), 반성과 회오(「Ⅳ-
26」, 「Ⅶ-30」 등)이다.

몰입 없이
등나무 밑 벤치에 누워 낮잠을 청했다
꿈결 건너
난 이탈리아 남부 메타폰툼으로 달려갔다

미학자 피타고라스를 만났다

검댕이 묻어날까
흰 수탉을 만지지도 않은 피타고라스를 만났다

묻진 않았지만
그는 검댕과 하양의 角이 같다는 것을 간파한 후
자신의 금욕주의의 眉間을 더 좁혀 놓았던 것

힐끔
그는 내 하복부 肥滿을 내려다보더니 혀를 차며 돌아앉았다

배부른 자네와는 턱을 마주 댈 수 없다는 듯
— 「Ⅷ-8」

피타고라스(BC 580년경–BC 490년경)의 세계는 안수환
시인이 흠모할 만큼 유사한 점이 많다. 피타고라스에게
처음 가르침을 주었던 철학자 페렉키데스는 ('주역'이 그
러하듯) 태초에 우주의 창조자는 상반되는 근원적 질료
를 융합하여 조화를 이루도록 했다고 가르쳤다고 한다.
만물의 근원을 수로 생각한 피타고라스의 수론에서 "1"
은 창조자를 뜻하는 '하나(모나드)'로서 모든 것의 기원이
자 근원이다.
    "2"는 변역성變易性을 지니며 분열과 반대의 극성을 갖
고 있다. 그러한바 2는 음양, 1은 "음과 양의 결속을 나타

내 보이는 태극의 원본(「시인과 침묵」)"과도 같다. 수와 음악을 사랑한 피타고라스는 미학, 수학, 자연과학, 우주론을 하나로 묶어 그 역시 세계가 하나의 법칙 아래 지배되는 통일체라는 생각을 했다.

　그리스의 사모스 섬에서 태어난 피타고라스는 이탈리아 남부도시 크로톤에 정착하여 학교를 세웠는데, 피타고라스학파이자 종교적 단체의 교주로서 윤회사상을 가진 피타고라스는 물고기와 모든 동물 그리고 자신들 철학자까지 한 형제라고 생각했다. 그러한 까닭에 육식을 법으로 금하고 채식을 했다. 그런 피타고라스는 학문을 좋아하며 대중적 명예를 무시할 수 있는 젊은이를 제자로 삼았는데, 규칙 중의 하나로서 흰 수탉을 만지지 말도록 했다.

　그런 피타고라스의 엄격함을 알고 있는 시인은 또한 이렇게 읊고 있다. "난 전생에 다메섹에서 올리브나무를 키운 것 같다/ 내 몸에 쌓인 糖,// (중략) 가급적 동물성 기름을 먹지 말 것/ 한마디로 말해 속초로 돌아갈 것(「Ⅷ-2」)" 피타고라스도 현실을 참작하여 일반인들은 고기를 먹되 영혼과 교통하는 심장·뇌·골수는 먹지 못하도록 했다고 하지만, 시인은 자신의 엄격하지 못함을 언제나 부끄러워한다.

그림자는 선을 넘었다// 나는 조심했지만/ 그림자를 밟지
않으려고 조심했지만// 그림자의 본체가 내 얼굴이라는 것
이다// 얼굴을 들고 살아왔지만/ 진실로 얼굴을 숨기고 싶
을 땐/ 얼굴을 숨길 곳이 마땅치 않다// 엉거주춤 귀를 만지
며/ 자금성 박물관에 서있던 土偶/ 그 土偶 彭書房처럼,

—「Ⅶ-5」

새벽에 일어나 유리창을 닦았다// 오동나무도 유리창을 닦
는가보다// TV 안테나도 유리창을 닦는가보다// 비닐봉지
도 유리창을 닦는가보다// 뽀드득뽀드득,// 눈먼 내 오장육
부도 손을 뻗어 힘껏 유리창을 닦는가보다

—「Ⅳ-26」

天秤을 들고/ 내 몸에 묻은 금가루를 재보았다// 몸무게
67kg을 控除/ 땀구멍에서 나온 금가루 0.7g// 이토록 窮했
단 말인가

—「Ⅶ-30」

연금술의 상징 표상은 기호와 상징이 분화하기 이전의,
음양 합일의 본원적 상태를 지향한다. 연금술은 물질의
변성만이 아니라, 불사의 육신과 영혼의 구제를 그 목적
으로 삼는다. 연금술은 완성된 정신을 이루기 위한 기본

물질을 만들고 그것을 다시 정련하여 금을 생성한다. 연금술사의 정신과 작업 역시 다루는 재료와 기술을 달리할 뿐, 본질적인 원리와 정신은 시인의 그것과 하나이다.

땀을 통해 나온 배설물로서의 금속 성분을 안수환 시인은 정신을 정련한 결과물로서의 결실로 환산한다. 시인의 일상적 삶의 양태들인 사고와 행위 가운데 몸무게로 표현되는 시인의 전신 질량의 거의 대부분인 67kg이 절제와 욕구를 견디지 못한 슬픈 자화상이다. 시인이 생각하기에 "땀구멍에서 나온" 지난하게 애써온 금욕과 절제의 노력에 대한 결과물로서의 그것은 단지 0.7g이다. 시인은 평가에 있어서도 매우 엄격하고 자기 절제적이다.

시인의 정신이 추구하는 것은 세속의 비속한 삶 속에서 육욕을 제어하고 자아를 단련하여 무욕과 무아의 지경에 이르는 영적 완성의 상태일 것이다. 하지만 시인 스스로 평가하기에도 자신의 그와 같은 금욕적 노력의 결실은 불과 한 방울 땀에도 못 미친다고 생각한다. 그러나 비속한 철을 금으로 변환하려는 연금술사들의 마법적 노력이 역사적으로 성공한 예는 있지 않았다. 그런 만큼 영혼의 정련 역시 불사에 이를 만큼 성공적이었다는 사례 역시 없다. 다만, 그들의 노력 그것이 인류 역사와 문화사에 특별한 위치로 남아 있을 뿐이다. 시인의 그러한 자기 절제와 금욕적 노력과 태도 역시 마찬가지이리라.

4. 아픔의 인식

뒤샹은 1913년 미술가의 역할에 대하여 "물질을 교묘하게 치장하는 데 있지 않고 미의 고찰을 위한 선택에 있다"는 정의를 내렸다. 그러나, 인간의 상징에 의한 구성물은 어디까지나 '상징'일 뿐이다. 문제의 본질은 상징의 능력이 아니라 '자애심'이다. 시에 있어서의 논의 역시 그러하다. 지식은 시인에 있어 어떤 경우, 불필요한 것일 수 있다. 이론 즉, 사유의 체계는 이타적 미학을 위한 수업의 도정일 뿐이다. 안수환 시인은 이 점을 정확히 인식하고 있다.

> 나는,/ 독일 관념론을 읽고 철이 든 것이 아니라/ 이쪽 소나무에서 저쪽 소나무로 건너가는/ 청설모를 보고 철이 들었다// 관념은 총탄을 맞고도 떨어지지 않았지만/ 청설모는 김고문의 총에 맞아 툭 떨어졌다// 슥,/ 내 슬픔도 애기대추 꽃처럼 떨어졌다
>
> —「III-15」

이론적 논의 없이도 시는 쓸 수 있다. 궁극의 측면에서 시인에게 실험적 탐구와 논의는 이타적 정동성의 미학을 생성하기 위한 수행의 과정이다. 지성은 하나의 '수단'일 뿐, 자애심은 하나로서의 동일성을 느끼는 본성에 있다. 시인의 눈빛이 소중하고 의미로운 것은 존재에 대한 이타적 관심의 발로로서 궁극의 우주심의 발로이기 때문이다. 고통스런 것에 대한 안쓰러움, 그것은 존재의 본성에 내재한 '동일체 인식'의 발현에 기인한다.

하이데거는 시와 예술을 지적 깨달음의 수단으로 사용하였지만, 시예술은 '정화' 즉 '감동'을 통해 '지적 깨달음'을 '자비행'에 이르게 한다. 아리스토텔레스는 일찍이 '정화'라는 탁월한 통찰을 하였다. 예술은 마음의 정화 즉 작품 중의 사태의 경험을 통한 무구한 마음의 회복으로 자연과의 합일을 가능하게 한다. 감성은 '원형'과 결부되어 있다. 시인의 따뜻한 시선은 자비행에 이르도록 하는 원형을 불러일으킨다. 시가 주술적 힘을 지니고 있는 까닭이다.

보았듯이 「시인과 침묵」에서 안수환 시인은 이렇게 말한다 : '나는 아픔의 효능을 믿는다. 아픔 한 묶음을 손에 쥐고 있는 이상, 아픔 한 묶음을 도로 떼어내 저쪽 물체와의 간격 그 틈바구니로 훅 던져버려야 한다는 것. 이때부터 시인은 벌레를 보게 되면 벌레가 되고, 별을 보게 되면 별이 되는 순간을 맞는다."

아픔이 안수환 시인의 '침묵 시학'의 근원적 힘이다. 시인 또한 이렇게 말한다. "말하자면 물체의 침묵 속에서, 물체의 침묵으로 인한 몽상 속에서 시인의 문맥은 벌레가 되고 또 별이 되는 것" 다시 말하면, 사물에 대한 침묵의 통찰("몽상") 속에서 시인은 사물이 되고 시인의 시편 또한 천변만화해 나가는 사물로 존재한다. 그러한 변역과 변환의 힘은 다름 아닌 '아픔'이다. 그런 시인에게 아픔은 곧 깨달음이다.

각목을 알았더라면/못을 쥐고/ 망치를 들고/ 각목을 내려치진 않았을 것이다// 내 구두코처럼/ 각목에겐 높이가 있다 에베레스트는 8,848m/ 백두산은 2,750m// 거룩한 높이,

— 「IV-27」

寅時에 내리는 겨울비는/ 비 아닌 별인 거다// 홀로 캄캄한 밤을 지키지/ 못하고/ 寅時에 내리는/ 별인 거다// 이 밤중/ 몸을 빼버리면/ 내 슬픔은 이제 길바닥 위에 반짝이는 별// 於焉 동트는 발짝 소리// 아 빗방울 소리

— 「VI-25」

상대방을 편안하게 해주는 소금쟁이/ 모르긴 해도 딴 밥그
릇에 먼저 밥 퍼주고/ 나중에 제 밥숟가락을 뜨는 소금쟁이/
다북쑥이나 하늘이 베풀지 않으면/ 아무것도 손에 쥐지 않
는 소금쟁이/ 누구 擦過傷 눈에 들어오면/ 달려가 동여매고
/ 달밤 달빛과도 사귀면서 보폭 줄여가는 소금쟁이/ 된서리
내린 풀밭 걸을 땐 옆구리 체온을 나누어 쓰며/ 나비처럼 춤
추는 소금쟁이// 물 위에 다녀도 젖지 않는 소금쟁이// 딸아
너는 그런 사람 만나 시집가거라

— 「VI-27」

남을 먼저 생각하고 타인의 상처를 감싸주는 사람, 욕심
없이도 자유로운 삶을 살아가는 젊은이를 만나라는 "지
상시편" 「VI-27」은 시인의 딸에게 만이 아니라 같은 시대
를 살아가는 젊은이들 모두에게 하는 말일 것이다. 그런
시인은 맑은 햇살 아래 속을 환히 내비쳐 보일 것 같은
'투명한' 시를 적어 놓았다. 진한 아픔이 누구에게나 그리
움으로 물들게 할 시편. 아내를 그리는 사모의 곡이다. 안
수환 시인답게 그리움조차 "투명한" 뼈대만을 세워 형이
상적으로 적어놓았다.

딱딱한 뚜껑을 눌러쓴 甲殼類는
關節에 몸을 맡기고 기어다녔다

투명한 關節,

당신이 내 關節이었다

—「Ⅶ-24」

우리는 시인의 "지상시편"에서 아내에게 바치는 시 또한 빼 놓을 수 없다. 시인의 "마음속 빈 공간"을 형성하는 중요한 또 하나의 세계는 먼저 떠나보낸 아내에 대한 그리움과 아픔에 대한 노래들이다. 마치 신화 속 올페와도 같이 시인은 곳곳에서 아내에 대한 애틋한 마음을 토로하고 있다(모두 다 열거할 수 없는 관계로). 연작 시편들의 전반부 시편들만을 제시하면 이러하다.

아내는 갔지만// 눈 감으면// 처마 밑 다알리아꽃

—「Ⅲ-27」부분

아내는 가랑잎 뒤에 숨어 버렸지만,/ (중략) // 지금쯤/ 아내는 인도 말디브 해안의 작은 마을로 가서/ 빨래를 하고 있을 것이다

—「Ⅰ-2」부분

당신이 남겨준 꽃가루가 날아/ 내 마음을 덮었다/ (중략) //

289

나는 병들지 않았다/ 아프면 아픔을 견디는 조각구름/ 하늘을 떠도는 조각구름// 장미처럼,// 어떤 땐 빨간 입술로 벌레를 깨물었다// 또 어떤 땐/ 빨간 입술로 침묵을 깨물었다

—「Ⅰ-33」부분

슬픔이 녹아내린/ 고추장// 빨간/ 고추장// 이 時刻,/ 당신의 입술처럼

—「Ⅲ-11」부분

발뒤꿈치에 물집이 생겼다// 만져보니 물렁거렸다// 물렁물렁한 촉감// 내 운명에 딱 맞는 촉감// 여보,

—「Ⅲ-22」

늦었지만,/ 나는 당신의 문고리로 남아 있는 거다

—「Ⅰ-3」부분

아내가 간 뒤// 난 눈이 멀었다// 아무것도 볼 것 없고// (중략) // 힘든 일 있더라도,// 힘겨워하지 말라는 뜻이리라// 힘겨워하다가 힘겨워하지 말라는 뜻이리라

—「Ⅲ-23」부분

아리스토텔레스는 『시학』에서 모방을 인간 본성의 하나로 이해했다. 우리 뇌에는 거울뉴런mirror neurons이라

는 모방 세포군이 있다. 거울뉴런으로 인해 관찰이나 간접경험만으로도 어떤 일을 직접 하는 것과 같은 인식을 갖는다. 우리가 타인을 이해하고 모방하는 일차적인 기제는 거울뉴런의 기능이다.

거울뉴런이 상황적 모방 본능을 일으킨다면, 전두엽과 해마 등을 중심으로 연결되는 일련의 뇌신경계는 경험을 추상적으로 의미화하여 사고한다. 그러한 상징의 본성은 다름 아닌 '동일화'이다. 우리는 자연과 정신이 보이지 않는 끈으로 이어져 있음을 인식한다. 그것은 '동일화'라는 인식의 본질소이다.

지식이나 지성은 하나의 수단일 뿐 중요한 건 동일화의 인식이다. 아픔의 정을 갖는 건 우리가 동일화의 인식을 하기 때문이다. 사랑과 자비는 그러한 동일성 인식의 발로이다. 부연하면, 시학에서 '동일화'는 형식을 통해 의미를 구현하는 일이다. 시인에게 형식의 수사학적 은유와 의미론적 주제에 관한 통찰력은 우선적으로 요구되는 능력이다.

하지만 그러한 동일화 능력의 지향점은 인간과 자연에 대한 사랑이다. 그 중심의 심층부에 아픔의 인식이 자리한다. 시인에게 중요한 건 시인과 사물, 인간과 인간이 하나 되는 동일성의 인식과 아픔이다. 그러한 까닭에 안수환 시인은 "아픔 한 묶음을 손에 쥐고 있는 이상 (중략) 시인은 벌레를 보게 되면 벌레가 되고, 별을 보게 되면 별이 되는 순간을 맞는다"고 말한다.

그러한 '동일화'의 능력은 자연의 재능이요 자연의 본성이다. 시인은 같은 글에서 "정신의 기표記標"라는 표현을 쓰고 있다. 그러하다. "'동일화' 그것은 자연이 우리가 하나임을 잊지 않도록 부여한 '정신의 기호'이자 표지이다.[7] 우리는 '동일화'라는 표지를 통해 사물과 하나가 된다.

5. "황홀에 대한 답변"

시에 대한 '정의'는 내리는 자의 것이므로 외재적 성격의 것으로 상대적일 수밖에 없다. 따라서, 시에 대한 정의는 엘리어트의 언급처럼 실패의 역사일 수밖에 없다. 그러나, 시의 정체성 다시 말해 시의 본질을 묻는 일은 시 자체의 내재적 속성에 대한 확인이다. 제 학술, 예술, 기술 등의 문화를 창조하는 힘은 '상징'이다. 상징의 본성은 동일화이며, 그것은 형식을 통해 의미를 구현하는 일이다. 시작 행위는 모든 상징 행위의 가장 중심에 위치하는 (유비적) 동일화 정신작용의 사고이다. 그러한 시의 본질은

7) '동일화'에 관한 상세한 설명은 『(융합학문) 상징학』, pp. 150-221 참조 요망.

'비유'이다. 시는 (유비의) 형식을 통해 의미를 구현하는 가장 대표적인 장르이다.

안수환 시인은 '침묵의 시학자'이다. 형식적 방법론으로는 침묵의 현상학을 사용하고, 의미론적 측면에서는 존재론적이고 형이상적인 세계를 지향한다. 물론, 후설의 현상학은 기술적으로는 사고의 방법론적 학문이다. 그러나 궁극적으로는 존재의 본질과 의미를 규명코자 하는 이념의 학문이다(그것은 사물의 인식에 관한 칸트의 선험적 논리학이나, 헤겔의 정신현상학적 논리학, 하이데거의 존재론적 논리학 역시 마찬가지이다). 따라서 안수환 시인의 '침묵의 시학'은 '현상학적 시학'이라고 말해도 사실은 틀리지 않다.

시인의 현상학적 통찰은 질료적 사물이나 사건을 해체하여 영적인 정신의 세계로 환원해낸다. 시인의 물리적, 질료적인 일상의 삶은 모두 영적 공간의 세계로 환원되고 수렴된다. 시인은 언제나 금욕과 절제를 통한 영적 완성을 기원한다. 그런 시인의 정신은 침묵의 시학에서도 그대로 나타난다 : "미문에 빠지지 말라" "색광色狂이 될 것이다."

그러한 시인은 질료적 연금술의 은유를 지양한다. 살과 기름을 제거하는 시인의 시문은 영적인 뼈대만을 드러내어 무취 무색하여 건조할 수 있다. 하지만 그런 자기 절제의 근원엔 "딴 밥그릇에 먼저 밥 퍼주"는 이타적 인간애와 "하늘이 베풀지 않으면/ 아무것도 손에 쥐지 않는"(「VI-27」) 무욕이 있다. "냇물에 박힌 돌을 빼갔으니" "가재와 송사리가 애기를 낳지 못한다 눈물과 슬픔이 애기를 낳지 못한다" "냇물이 울먹울먹 울도록 돌을 깔아" 달라는(「V-12」) 만물과 교통하는 아픔이 내재한다.

오늘의 우리 시단은 무성한 기교에 비해 상대적으로 정신의 빈곤과 영적 허약함으로 황폐해지고 있다. 이러한 시대에 정신의 완성을 추구하는 시인의 현상학적 시편들은 더 없이 의미로운 작업이자 실험적 태도라 아니할 수 없다. 보았듯이 피타고라스는 오직 학문을 좋아하며 대중적 명예를 무시할 수 있는 젊은이를 제자로 삼았다고 하지 않던가. 시류와 유파에 휩쓸리는 일은 쉽다. 그러나 시류에서 벗어나 자연의 전체를 조망하며 시공時空의 흐름을 고려하여 그 전체의 구도 속에서 행하는 작업은 고독하고, 강도 높은 작업을 요한다. 자연은 그러한 일꾼을 요한다.

그들의 손은 언제나 자연의 한 끝자락을 쥐고 있다. 자신이 측량한 선들의 길이와 분기점, 작업이 끝나고 새로이 작도되는 분할들을 투시한다. 그리고 자신의 일을 완

수할 수 있도록 기도한다. 오직 그것만이 삶을 엄청난 인
내와 노력으로 어둠 속에서 시공간時空間을 열어젖히며
나아가게 한다.[8] 무無를 향한 시인의 침묵에 열락悅樂이
있으리라!

아무런 부분도 없는
뼈도 없는
텅 빈 桶,

나는 오늘 도끼를 들고 이 桶을 찍었다
(황홀에 대한 답변)

—「V-1」

---

8) 변의수, 『신이 부른 예술가들』, 한국학술정보, 2009, pp. 255-56 참조.